山本有三研究

中短編小説を中心に

平林文雄

和泉選書

芸術はそちらの問題でなくて、こちらの問題である。外物を自分に同化して、さらに自分のものとして、輝かしだすことである、と私はいった。すなわち、自然をありのままに模写するのではなくて、自分が自然を表象してゆくのである。

（山本有三「芸術は『あらわれ』なり」）

目次

第一章　戯曲作家から小説作家に至るまで、その後

第一節　有三の生い立ちと戯曲作家になるまで

山本有三は最初旧制中学校に入れて貰えず、小学校を卒業すると、明治三五年四月、東京浅草駒形町の伊勢福という呉服店に奉公に出された。というのは、父親の元吉が明治維新の際、宇都宮藩の下級武士（足軽程度）であったが、廃藩置県のために失業し、一時大田原裁判所の書記などを勤めたが、後、栃木市で呉服商を開業して、主として行商（訪問販売）に従事していたことなどもあったため、息子も商人にしようとして、有三の強い進学の希望を叶えてはくれなかったのである。しかしながら、呉服商になる気は全くなかったので、伊勢福でも商売に身が入らず、栃木弁で客との応対も充分果たすことができないなど、そのため役に立たない小僧として、蔵の番をさせられたので、それをよいことに蔵の中で雑書を読んで過ごした。しかしそれにも耐えられず、翌年三月には奉公先を逃げ出して家に帰り、両親に学問をしたいと願ったが、父は許さず、呉服商の手伝いをさせた。

幾度か父と衝突した後、母のとりなしで明治三八年一月ようやく上京、神田の正則英語学校や同予備校に通い、東京中学校の補欠試験に合格。東京中学校卒業後は第六高等学校に合格したが、あいにく父が死去したため入学を取りやめて家に帰り、家事の後始末をするため、あきないに従事する。翌年、家事の整理のかたわら受験勉強をし、第一高等学校の入学試験を受ける。学科試験は及第したが、風邪を引いていたため、体格検査で不合格となる。家業につとめながら、その翌年、また一高を受験、文科に合格する。二年生に進級の折、あるドイツ語教授の非常識な採点によって、同級生十余人と共に落第させられる。八月、足尾銅山に遊び、処女作、一幕物戯曲『穴』を執筆し、試演劇場によって牛込神楽坂の演芸館で初演されて、同年（明治四四年）三月「歌舞伎」に掲載された。明治四五年（大正元年）一高二年修了で東京帝国大学独逸文学科選科の試験を受けて合格、同科に入学する。大正三年、「新思潮」四月号に『淀見蔵《ぐら》』を発表。同年、二高で高校卒業の検定試験を受けて及第し、一年のおくれを取り戻して東大本科生となる。大正四年、東大のドイツ文学科を卒業する。

このように有三が他人とは異なる苦難を乗り越えて、当時は余り存在しなかったエリートとも称すべき地位に辿り着いたことについて、高橋健二氏は、『日本近代文学大系』（角川書店）山本有三集の解説において、有三が「頭をおさえつけられた苦しい生活に耐え通したことは、作家としての有三にとってむしろ大きなプラスになった。意志力と生活力を錬えられただけでなく、日のあたらない社会の生活を知ったことは、下積みの人間に対する思いやりと社会正義への熱情をかきたてることによって、有三をあのような作家にするに役立ったのである。下積みの人間への理解と同情がなかったら、『嬰児殺し』や『波』や『こぶ』や『路傍の石』は書かれなかったかもしれない。」と記しているが、確かに後の『波』におけるヒューマニティー、『風』における社会主義的色彩、『女の一生』における共産党に対する資金提供の嫌疑、『路傍の石』が二度とも社会主義者の登場する場面で中断せざるを得なかったこと等は、有三の思想が明白に進歩主義であることを示していると見て取ることができる。また「ご覧／どぶのなかの／かげろうだって／みんな／天をめざしている。／」という言葉に象徴的に示されている如く、有三は向日性の作家であって、そのことは殆どの作品に見られる所である。

その後、劇団の座付作者になったりするが、劇団と合わず退団して作劇の勉強に没頭する。大正六年秋から早稲田大学のドイツ語教師となる。ある時は一週三〇時間以上受け持ったので、創作は夏休みにしかできなかった。大正八年二月に『津村教授』を「帝国文学」に発表。大正九年一月「人間」二月号に『生命の冠』を発表。大正九年六月「第一義」に『嬰児殺し』を、九月「人間」に、大正三年「新思潮」四月号に掲載の『淀見蔵』の改作である『女親』を発表。大正一〇年九月、「新小説」に『坂崎出羽守』を発表。大正一一年九月「改造」に『指鬘《まん》縁起』を発表した。同年一〇月「新小説」に有三の最初の短編小説というよりは小品とも称すべき『兄弟』が発表された。

第二節　戯曲家としての全盛期と小説家への移行

しかしそれからも戯曲は書き続けることになる。大正一二年三月、早大講師を辞任して、「改造」四月特大号に『同志の人々』、「女性」八月号に『海彦山彦』を発表した。翌大正一三年一月には『本尊』を「サンデー毎日」に、六月、『熊谷蓮生坊』を「改造」に、九月、一〇月、『スサノヲの命』を「婦女界」に、一〇月、『大磯がよひ』を「新潮」に、一〇月、『女中の病気』を「演劇新潮」に発表して、この年は有三の長い劇作家生活の中で最も充実した多作の時期となった。早大講師時代に忙しくて書きたくても書き得なかったものが、閑暇を得て一挙に花開き結実したものと思われる。またこの年には有三の戯曲集の刊行や、これまでの戯曲や新執筆の劇の再演や初演も数多く行われている。更にこの年三月には『嬰児殺し』が松竹で野村芳亭監督、岩田裕吉、五月信子主演で映画化され、有三作品の最初の映画化となる。

大正一四年には、「女性」三月号にシナリオ『雪』を、「改造」九月号に『父親』を発表。『坂崎出羽守』が松竹キネマで映画化された。大正一五年（昭和元年）六月に『嘉門と七郎右衛門』を「文芸春秋」に発表した直後から初めて本格的な小説の執筆にかかり、最初の長編小説『生きとし生けるもの』を九月二五日から「東京・大阪両朝日新聞」に連載を開始したが、一〇月に風邪をこじらせ、一二月七日までの七三回で中絶して、遂に未完に終った。昭和二年五月、『西郷と大久保』を「文芸春秋」に、一一月、ラジオドラマ『霧の中』を「キング」に発表した。昭和三年には、七月二〇日から一一月一二日までの一二五回にわたって、長編小説第二作『波』を「東京・大阪両朝日新聞」に発表した。昭和五年、「婦女界」一月号から三月号まで『女人哀詞』を発表。一〇月二六日から翌六年三月二五日まで一四八回にわたって「東京・大阪両朝日新聞」に長編小説第三作『風』を連載した。その際、作中の新兵教育の件で東京憲兵隊に呼び出され、以後左翼的傾向を持った作家として当局の注目するところとなるが、同時に長編小説作家として文壇に確乎たる地位を築くに至る。

第三節　好評長編小説の盛期と中短編小説の執筆期

更に有三は昭和六年、「改造」一二月号に短編『子役』と『チョコレート』の二作を同時に発表して、長編小説作家としてだけではなく、短編小説作家としての活動も開始する。

昭和七年一〇月二〇日から翌八年六月六日まで二二八回にわたって「東京・大阪両朝日新聞」に長編小説第四作『女の一生』を連載するも、主人公の息子の共産主義運動を描く小説を当局が黙許せず、共産党に資金を提供したという嫌疑で作者を検挙し、この作品を中絶させる。この作品には、当時の社会的風潮がよく反映されているばかりでなく、これに抵抗する息子や母の生き方の中に有三の基本姿勢がよく示されている。しかし作者は屈せず、八月、中山湖畔で同作「母の愛」二一節以下を書き足して、一一月、中央公論社から出版、有三の最大の長編となった。

昭和九年「キング」一、三月号に中編小説『不惜身命』を発表する。有三の戯曲の中には時代物が半数程あるが、長編小説は現代物のみである。中短編小説は後に書かれる物を含めても時代小説はこの一編のみであって、他は皆現代を扱ったもののみである。これは石谷十蔵を主人公に、島原の乱を背景として、「不惜身命」の境地から「惜身命」の境地への主人公の内的心情の発展深化を主題にした物語である。同年、「改造」一二月号に短編『瘤』を発表して、有三の中編小説、短編小説の執筆は戦後の『無事の人』の一編を残してすべて終る。同一一月、五所平之助監督、松竹トーキー映画『生きとし生けるもの』封切り。

昭和一〇年、「主婦の友」一月号から翌一一年九月号まで、長編第五小説『真実一路』を連載。ここには、登場人物のすべてが自己の信ずる人生コースをひたむきに進む結果、収拾のつかないことになっても、各人は自主的に必然的な各自の真実の路を歩むしかないのだ、という問題が提出されていて、そこに『真実一路』と表題されるゆえんのものがある。作者山本有三もまたこのような頑固者の一人で、この作品には作者のそのような心情が忠実に反映している。六月、新興キネマの映画『嬰児殺し』封切り。有三の児童文学に対する関心の反映の結果、『日本少国民文庫』全一六巻を新潮社から刊行することになり、一一月、第一回配本『心に太陽を持て』を刊行。一二年八月、全巻刊行完了。

七月、中、短編小説集『瘤』が改造社から刊行されてこれまでの有三の中短編小説が集成された。昭和一一年六月、内田吐夢監督、日活映画『生命の冠』封切。

昭和一二年一月一日から長編第六小説『路傍の石』を「東京・大阪両朝日新聞」に連載を開始するも、社会主義者の出現する所で、検閲の圧迫のために六月一八日をもって擱筆の止むなきに至る。六月、日活映画『真実一路』封切。八月、田坂具隆監督映画『路傍の石』（文部省と日活との協同企画）封切り。文芸映画として画期的な成功をおさめる。有三は諦めず、昭和一三年、「主婦之友」一一月号から『新篇　路傍の石』を改稿掲載するが、同様の事情のため、昭和一五年七月号で、前作とほぼ同様の個所で休載となる。その際、同誌八月号にその理由を「ペンを折る」と題して発表、当時の時局に対して警告を発する。そのため主人公吾一少年のその後の成長を知ることはできないが、この作品においても、有三の当時の社会的風潮に対する抵抗の姿勢がよく現れており、またこれに対する国家権力の干渉も以前の諸作品の場合と同様であったが、度重なる弾圧にもかかわらず、有三の姿勢には終始変らざる一貫したものがあったことが知られる。

第四節　作家としての活動以外の社会的諸活動

これより先、昭和一二年、「主婦之友」一月号から三月号に『はにかみやのクララ』を発表。翌一三年、同じく「主婦之友」一月号から三月号に『ストウ夫人』を発表。四月に両者をまとめ『戦争と二人の婦人』を岩波書店から刊行。その「あとがき」に、「原則としてふりがなを廃止せよ」との意見を発表。これが全国的な反響を呼び起こし、作家・学者・識者などの賛成、反対論などがまとめられて、その年の一二月、白水社より『ふりがな廃止論とその批判』が刊行され、国語国字改革論が全国的に拡がる契機となった。

昭和一四年一一月より『山本有三全集』全一〇巻を岩波書店より刊行開始（一六年二月完結）。昭和一七年五月一三日、『隠れたる先覚者小林虎三郎』をＪＯＡＫから放送。翌一八年、「主婦之友」一、二月号に戯曲『米百俵』を掲載、六月、『米百俵』が新潮社より単行刊行された際、併載された。七月、自邸内に「ミタカ少国民文庫」を開き、土、日曜、近所の少年少女のために蔵書を開放するも、戦局急迫のため、昭和一九年二月、同文庫を閉じる。児童図書約二〇〇〇冊を三鷹市および故郷栃木市の小学校に寄贈した。昭和二一年五月一八日、貴族院議員に勅選され、無所属クラブに席をおく。一〇月、少年少女雑誌「銀河」を有三編集で新潮社から発刊（二四年八月廃刊）。昭和二二年、貴族院廃止。四月、参議院議員選挙に、全国区に立候補、四〇万票弱の得票で第九位で当選、緑風会を結成する。昭和二四年四月、中編小説『無事の人』を「新潮」に発表。昭和二六年三月、前年から編集の小学校用国語教科書全一四巻（日本書籍）の編集を完了。昭和二七年四月、中村登監督で松竹が『波』を映画化。昭和二八年三月、中学校用国語教科書全六巻（日本書籍）の編集を了える。このように有三の児童文学に対する貢献は、昭和一〇年の『日本少国民文庫』の刊行に始まり、「ミタカ少国民文庫」の開設、その蔵書二〇〇〇冊の小学校に対する寄贈。少年少女雑誌「銀河」の発刊、小学校及び中学校の国語教科書の編纂《さん》など多大なものがある。同年五月二日、参議院議員任期満了とともに国会を退く。

以上、山本有三の作家（劇作家、小説家）としての創作活動と、児童の学習活動に対する支援の姿勢、並びに国会議員としての国政に対する尽力等を概観したのであるが、このほかにも、有三は国語国字の改良問題、ふり仮名を廃止して漢字を制限し、しかも平易な表現で理解し易い文章を書くなどの日本語の改良等にも力を尽くしている。それに関連して国語改革研究のため、ミタカの自邸内に三鷹国語研究所を設立（昭和二〇年一二月）して前台北帝大総長の安藤正次氏を所長に迎える。昭和二一年一一月、ミタカの家を進駐軍に接収されるが、参議員議員として、「国語国字問題研究機関設立」のために奔走し、昭和二三年一二月、国立国語研究所の設立を実現させる。昭和二六年一二月にミタカの家が接収解除されると、それを国立国語研究所の分室として提供するなど、いまだ完成しない国立国語研究所の活動を補助するなど積極的に行動する。その他、外国文学や、外国との文化交流等についても記すべき点は多いが、それらの諸問題は今回の研究には直接関連しないので省略することにし、以上を序章として、以後の有三の経歴や作品等については一切触れず、以下、有三の中短編小説のみに絞ってその特殊性について考察することにしたい。

第二章　短編小説『兄弟』における幼き感性の発露と肉親愛

有三の最初の短編小説（というよりは、四百字詰原稿用紙七枚程度の分量であるから、小品と称すべきものであろう。しかし川端康成の短編にもこの程度の長さのものは多数あるので、これも短編小説と称してよいであろう。）『兄弟』は大正一一年（一九二二）一〇月に発表されているので、昭和元年（一九二六）発表の長編小説第一作『生きとし生けるもの』よりも四年早く発表されていることになり、小説作品としては最初のものである。

兄弟のうち兄は一一歳と記されているが、弟の年齢は記されていないので正しくは判明しないが、内容から二、三歳違いと推測される。名前は兄の方は記されないが、弟の方は兄から「真ちゃん」と呼ばれる所があるので、真二とか真次など、推量することができよう。兄弟は常に弟は兄のことを「兄さん」と呼び、兄は弟のことを「真ちゃん」と呼んでいる。その兄を「彼」と第三人称で表現する個所が七個所あり、弟を「彼」とする所が二個所、山番の爺さんを「彼」と呼ぶ所が一個所あるが、他はすべて兄、弟、山番と記している。これをもって第三人称による客観的描写というにはあらず、弟の描写や会話、山番の描写も含めてすべてが兄の目から見た一元描写と称すべきものとなっている。

兄弟二人で初茸山へきのこ狩りに出掛けて、きのこを採っている場面が描かれる。兄は初茸をよく知っているが、弟はきのこの種別も全く分らないし、生えている場所もよく知らない。兄はせっせと採るが、弟は自分の採ったものを兄に見せると毒きのこだと言われ、自信を失くす。兄はそんな弟に初茸のある場所を捜し出し、弟に採らせようとする。弟はやっと探し出して採る。その途端に弟は不気味な虫でもつかんだ時のように、あわてて菌を離してしまう。それを見た兄は「何だつて捨てつちまうの」と詰問する。弟は「だつて怖いんだもの」と言って黙ってしまう。兄は気付いて笑い、「あゝ、菌の色が変つたんで驚いたんだね。なあに、そりゃ何でもないんだよ。初茸はさはるとすぐ色が変るんだよ」と教えて、弟を安心させる。こんな所にも兄が弟を教え、弟が兄を頼りにする兄弟愛の姿がかいま見える。それらの経過が殆ど兄弟二人の会話によって表現され、進行する。しばらく採取を続け、採ったものを容れ物である兄の帽子の中に入れる。

突然どしんという音がして、兄が目を挙げると、弟がころんで少し先の傾面をころころと転がり落ちて行くのが見えた。木の根にでもつまづいて倒れたのであろう。それを見て兄は思わず吹き出してしまう。弟が目の前で倒れたのだから、すぐに駆けて行って起こしてやるべきなのに、滑稽感の方が先に立ってしまってつい笑ってしまった。その瞬間は「弟」とか「起こす」とかいう考えは浮かばず、逆に手を打ってはやし立てたいような気持ちになった。しかし、もう次の瞬間には弟のそばにいた。

そしてすぐに弟を抱き起こしてやるが、幸いに怪我はしていなかった。しかし弟の頬には泥がべったりくっついていた。兄はすぐ指で取ってやろうとしたが、すぐには取れなかったので、着物の袖でこすったがまだ取れず、唾をつけて丁寧に拭いてやるとやっと綺麗に落ちた。それからまた茸狩りを始める。しばらくして、突然うしろから「やい、それを持つてくことはならねえぞ」という大声が聞こえた。そこには山番の爺さんが立っていて、矢庭に兄の手から初茸の入った帽子をふんだくり、「太い野郎だ」と、いきなり兄の横っ面を殴りつけた。しかし兄は泣かなかった。顔を真赤にして首をうな垂れただけだった。ところが弟の方が自分が殴られたのではないのに、急にわあっと泣き出してしまう。ここには悪いことをしたので殴られたのだという意識は全くなく、兄に対する同情と山番に対する憎しみとによって自然に泣いてしまうのである。兄の方は悪いことをしたという自責と反省の念と、年上の自分が泣いたら、弟を余計困らせることになるという弟の立場を考えての、幼いながらも状況を配慮しての兄の我慢の心理が描かれている。

　山番は「また這入つて来ると承知しねえぞ」とおどかし、二人を松林の外に追い出し、帽子の中の初茸を自分の笊の中に入れて、空になった帽子を兄に叩きつけて行ってしまう。弟はなおも泣き続けていたが、やがて地上に落ちている帽子を拾って兄に手渡そうとする。すると兄は帽子を受け取らずに、いきなり弟の横っ面を殴りつけた。爺さんに殴られた余憤を弟にぶつけようとしたのではなく、このような場合に年下の者から親切にされることは、何か知らないが兄には一層堪らない気持ちが込み上げ、何かプライドとも羞恥心とでもいうようなものを傷つけられたように感じたのである。兄に殴られた弟は前より一層烈しく泣き出した。その声につられて今まで泣かずにいた兄も、弟を殴っておきながら、自分もまたわあっと泣き出してしまう。肉親の自然の感情であろう。それから二人は長いこと泣いていた。やがて二人の心は次第に落ち着きを取り戻して来た。そして暫くして弟は小さな声で、「兄さん、勘弁してね」と言った。兄はただ「うん」と一声泣声でうなづいた。この場合、弟が兄に謝る必要は全くないのであるが、自然に出てきた言葉であって、これによって二人の間のわだかまりは完全に解消する。

やがて兄は泥だらけになった帽子を拾い、それを片手に持ったまま、別の手で弟の手をとり、家の方に向かって歩き出す。ここに幼い兄弟の兄弟愛が、兄と弟はそれほど年齢が異らないにも拘らず、兄は弟をいたわり、弟は兄に同情し頼りにするという形で繊細に描かれている。

有三は生涯一人子であったために兄弟を欲しがり、何度も両親にそのことを訴えたといわれている。しかしそれは叶わぬことなので、有三は自分が兄の立場になり、もし弟がいたとしたらかくもあったであろうかと考えて、弟の兄に対する心情、依頼心、兄の弟に対する保護者的立場、指導的態度などを推量して、この兄弟愛の物語を構成したものと思われる。なお、それに関連して、山本勇造がペンネームを有三としたのは、勇を有に変え、音は残したものの、文字を変えており、造を三に変えて音を残すと共に、一ではなく三とすることによって複数を表し、一人子でないことを示そうとした意図があったのではないか。単なるコンプレックスの反映とも解されないこともないが、これについては、有三の女婿である永野賢氏が（1）『路傍の石』の主人公「吾一」の命名について、作中の吾一の名前について次野先生が「おそらく、吾一って名まえは、おとつあんが庄吾だから、その庄吾の「吾」と、最初にできた子なんで、「一」といふ字をつけたのだらうが、しかし、先生の考へぢや、たゞ、それだけとは思へないんだがね。―愛川。「吾一」つていふのは、じつにいゝ名まえなんだぞ。」と諭した上で、その名前のすぐれているゆえんを説いている場面があることを指摘し、それにはモデルがあって、「栃木市郊外（旧大宮村）の印役《えんやく》という所で、立て場（2）と菓子卸商を営んでいた茅島《かやしま》久蔵の長男〝梧一〟と関係があると言う。梧一の「両親は梧一に菓子屋をやらせたいと考え、久蔵の取引先である栃木の菓子商万屋《よろずや》に年期奉公に出した」が「この万屋というのは、壬生《みぶ》の菓子商万屋の主、鈴木幸助の後妻ツネの長男勝吉が、栃木に分家して興したものであ」り、「勝吉は腹違いの姉山本ナカ（有三の母）とはよく行き来していた。梧一が栃木の万屋へ来たのは、小学校を卒業した明治四十一年三月で、数え年十二歳の時であった。」その年は「有三の父元吉の死んだ翌年であり、呉服の商いは有三の従弟武を中心になされていたが、有三も仕事の手伝いをしながら一高受験に備えて、ずっと万町の家にいた。梧一はよく山本呉服店に使いに来て、ナカに『ゴイチ、ゴイチ』とかわいがられていたから、『ゴイチ』の名は、有三の頭の中にずっしりとしまいこまれていたと思われる。『路傍の石』の主人公の吾一の名は、栃木のこの梧一からヒントを得てつけられたものではあるまいか。」と記しているように、山本有三には人物の名称に対する強いこだわりがあったものと思われる。勇造から有三への変換はそのこだわりの現れの一種でもあろうか。

有三は以前から、やさしく平明な文章を書くことを心掛けていたようである。昭和一三年一一月発行の岩波新書『瘤』の「あとがき」では、「私はこの春、『戦争と二人の婦人』を出版した際に、その「あとがき」の中で、ふりガナの廃止を唱へたので、この本（岩波新書『瘤』）でも、ふりガナはいっさい附けないことにした。私は『戦争と二人の婦人』を書いた時に、はじめて、やさしい文章を書きだしたのではない。平明な文章といふことは、かなり前からの持論なので、こゝに集めた諸篇も、たいてい、ふりガナがなくとも、いつぱんの人に読めるはずだと思つてゐる。しかし、これらの作は、意識して、ふりガナなしで書いたわけではないから、例へば「どぶ」といふ場合に、「溝」といふ字を使つてゐる。ふりガナがないと、この漢字は「どぶ」とも「みぞ」とも読まれるから、かういふ文字を今度カナに改めたものもある。また、語尾変化のあるものは、読みやすいやうに、名詞のうしろにも、送りガナをつけたが、ふりガナを廃したために、特に文章を書きかへるといふやうなことはしなかつた。」と記していて、有三は難解漢字使用の廃止論者であることが判明する。しかし難漢字の不使用だけで、文章が分明になるとは断言できないが、ふりガナを廃止するということは、ふりガナなしには簡単に読めないような文字の不使用を意味するのであって、確かにそれによって読みは平明になるであろう。なお有三は以後できるだけ漢字だけでなく、一般の表現も平易を旨とし、多くの人々に容易に読めるような文章を書いている。

この岩波新書版における『兄弟』の漢字の使用について見ると、一一歳という幼い兄弟の行動を描いているというのに、その中には次のような難字が用いられている。「菌」は訓としては確かに「きのこ」「たけ」などと読むことはできるが、一般には、音の「キン」と読み、「細菌」や「黴菌」のように「キン」と読まれるのが普通であり、「きのこ」を漢字で表現する場合には、菌、蕈、茸などがあるが、「茸」が最も一般であり、次が「蕈」であって、「菌」はあまり普通には用いられないので、これを「きのこ」と読ませるためにはふりガナが必要となろう。有三自身もこの作品中で「茸狩り」と表記している所が二個所あるくらいである。「蓋」を「ふた」と読ませるのも少し無理があろう。「笊」（ざる）の使用も当時としては余り無理のないものであったであろうが、仮名にして傍点でも付けるような使用が望ましい。「なぐる」も、殴と擲と二字があるが、殴の方が一般であって、わざわざ画数の多い難字を使用する必要はないと思われる。また「たまらなかつた」は二個所使用しているが、前の方は仮名、後の方は「堪」の字を当てていて、「堪」には「たえる」「こらえる」「我慢する」の意味があるので、異常とは言えないが、やはり漢字ではなく仮名で書くのが適当であろう。岩波新書版では若干訂正したと記しているが、この部分は改訂されていない。以上に挙げたようなものは、なお改訂の必要があると思われる。しかもこれらの書物は大人の読みものとはいえ、『兄弟』などは一一歳以下の子供を扱った作品であるから、幼い子供にも読ませたい意図があるとするならば一層留意し、これまでの指摘以外に大幅な改訂、難字の削除が必要であろう。

有三は以前から難字の使用には疑問を持ち、平明な表現を心に蔵していたので「当用漢字」や「新かなづかい」の施行後や戦後においてはもとより、終戦間近頃から、難字の使用は極力避け、平易な文字や表現を志している。

付　記　有三作品における文字の改訂と表現の改訂（掲出順）

念のため、戦後版(3)において難字がどのように改められているかを記すと次の如くである。

一、漢字がカタカナに改められている場合

「菌」はすべてカタカナに改められていて、「初茸」はハツタケ、「蛇茸」はヘビダケ、「毒茸」は毒ダケになっていて、毒という漢字は一字の場合も直すことなく、そのまま使用している。「蓋」はカサに、「笊」はザルに、「蚤」はノミに変えている。

二、熟語の一字だけ漢字を残したもの

「松林」を「マツ林」に、「初茸山」を「ハツタケ山」、「気持」を「気もち」に、「茸狩」を「タケ狩り」に、の四例ある。前者は「松」を敢えて「マツ」にする必要はないと思われるが、「ショウリン」と読まれることを避けるためかと思われる。後者は「ハツタケの生える山」という意味であるか

ら、「ハツタケ」をカタカナにしてあるので「山」までも「ヤマ」と仮名にしてしまっては、固有名詞と受け取られる虞れがあるので、山は極く平易な漢字でもあるため、山を残した方が反って誤解されることがないものと考えて残したのであろう。この後の個所でも、そういうケースのものが多数あることを了承されたい。

三、漢字をひらがなに改めた場合

「差出した」が「さし出した」、「違ふ」が「ちがう」、「採つた」が「とった」、「駄目」が「だめ」、「見ると」が「みると」（「見る」は一個所しか改訂されていないので見落しであろう。）、「廻はした」が、「まわした」、「併し」が「しかし」、「白茶けた」が「しら茶けた」、「外」が「ほか」、「重ねて」が「かさねて」、「分ら」が「わから」、「本当」が「ほんと」、「何」が「なん」（「なに」と読ませる場合は漢字を用いる）、「恐い」が「こわい」、「唇」が「くちびる」、「來た」が「きた」、「風」が「ふう」、「裏返し」が「うら返し」、「指し」が「さし」、「その間」が「そのあいだ」、「丁度」が「ちょうど」、「背中」が「背なか」、「蒲団」が「ふとん」、「嬉しい」が「うれしい」、「眼玉」が「目だま」、「先」が「さき」、「轉がる」が「ころがる」、「恐らく」が「おそらく」、「食つて」が「くらって」、「出した」が「だした」に、（しかし訂正されていない所が一個所あるので、失念であろう。）、「はやし立て」が「はやしたて」、「根方」が「根かた」、「起き上がる」が「起きあがる」、「ほほ笑む」が「ほほえむ」、「位」が「くらい」、「何處」が「どこ」、「怪我」が「けが」、「勿論」が「もちろん」、「演じた」が

「やった」、「後」が「あと」、「てれ隠し」が「てれかくし」、「頬《ほほ》つぺた」が「ほっぺた」、「筒袖」が「つつ袖」、「込め」が「こめ」、「綺麗」が「きれい」、「筒袖」が「筒そで」、「唾《つば》」が「つば」、「拭いて」が「ふいて」、「その間」が「そのあいだ」、「二人」が「ふたり」、「一杯」が「いっぱい」、「取上げ」が「取りあげ」、「山番」が「山ばん」、「爺」が「じい」、「横つ面」が「横っつら」、「一つ」が「ひとつ」、「擲り」が「なぐり」、「太い」が「ふてえ」、「年上」が「年うえ」、「真赤」が「まっか」、「うな垂れ」が「うなだれ」、「少年等」が「少年ら」、「怒つた」が「おこった」、「這入つて」が「はいって」、「外」が「そと」、「笊」が「ざる」、「空」が「そら」、「叩き」が「たたき」、「手渡さう」が「手わたそう」、「年下」が「年した」、「堪ら」が「たまら」、「出る」が「でる」、「水玉」が「水たま」、「撫で」が「なで」、「被ら」が「かぶら」、「片手」が「かた手」、「途々」が「道みち」、これらの中には一個所だけでなく数個所用いられている場合もある。

四、ひらがなを漢字に改めた場合

「ところ」が「所」、「おいて」が「置いて」、「かぞへ」が「数え」、「ひゞき」が「響」、「はじめ」が「初め」に、「思ひ」が一個所だけ「おもい」とひらがなになっているので、これも訂正漏れであろう。

五、漢字を別の漢字に改訂している例

「離して」が「放して」、「眼」が「目」、「途」が「道」

六、カタカナをひらがなに改訂した例

「ニヤリ」が「にやり」に改訂されている。

七、ひらがなをカタカナに改訂した例

「どしいん」が「ドシーン」、「わあっ」が「ワアッ」、平仮名の傍点は取られている。

六・七の三例はいずれも擬態語、擬音語に属するものである。

八、仮名を変えることなく傍点を削除したもの

「うち」が「うち」に、これは家、自分の家を指した語である。

九、本文を改訂した個所

「兄の声には詰問の色があつた」が「兄はなじるように言った」、「兄が眼をきよろつかせてゐる」が「兄が目をきょろきょろさせている」、「つまづいて倒れたのだが」が「つまづいたのだろう」、「うな垂れた」が「うなだれている」、「のではないけれど」が「のではないのに」、「爺さんに擲られたので、その余憤が弟に飛んで行つたのではない。かうした場合年下の者なんぞから親切にされると、何か知らないが兄には一層堪らなかつたのである」が「兄がなんでそんなことをしたのか、彼自身にもよくわからなかった。もちろん、じいさんになぐられたので、その腹いせに弟をなぐったのではない。なんだか知らないが、年したの者なぞから親切に帽子を拾ってもらったことが、兄にはたまらなかったのではないだろうか」、「兄はたゞ一声涙声でうなづいた」が「兄はただ「うん。」と言っただけだった」、「ふんだくつた」が「取りあげた」

十、脱落もしくは省略個所

「そして」、爺さんの捨て科白の前の個所。

そのほかに有三の文には、読みやすくするために他の多くの作家たちよりは、より多くの読点が使用されていることが、特に目につく特色となっている。

十一、読点を非常に多く用いる

有三の作品においては、一文に多くの読点が施されていて、読み易くするための工夫がなされているが、宇野浩二の場合は、もっと極端な、分かち書きにも近いような読点が施されている。

有三のこのように短い、短編小説というよりは小品とも称すべき小説においてさえ、このように多くの改訂が施されているのであるから、他の長編小説や戯曲などにおいては、更に極めて多量の改訂が加えられていることは自と判明する所であろう。そのことの一部は、中編『不惜身命』については、その単行本「再訂版」（昭和一六年）の巻末に付けられた今井欣三郎氏の「あとがき」、並びに付表の「『ふしゃくしんみゃう』に使った漢字」によって、また同じく中編『無事の人』については、本書の「『無事の人』における写実と関連文献の扱いについて」の章において、その極く一部を窺うことができるように配慮している。更に煩瑣に亘ることを避けるために、次章の『子役』においては、作品中の使用漢字や本文の改訂については一切省略させて頂くことにし、第三章の『チョコレート』において再び詳細に指摘させて頂くことにする。

注

（1）永野　賢「山本有三評伝・新資料(八)—吾一と充子」（「国文学　解釈と鑑賞」第四六巻第六号、至文堂、昭和五六年六月）

（2）人力車や馬車などの発着所、または休憩所。

（3）「戦後版」とは、昭和二二年六月以降刊行の『山本有三文庫』全一一巻（新潮社）以後の版を指すものとする。

第三章　短編小説『子役』

――子役をめぐる父親・原作者・舞台監督の葛藤――

「いいかい。『おかあ様がよいものをあげましょう。』こう言って、はま子さんが茶ダンスからようかんを持ってきて、君にやるだろう。そうしたら……そう、そう、わざと下を向いて黙っているの。うム、そうやって、むっつりして、手を出さないで、……いや、いや、そう下ばかり向いていちゃいけない。さっき教えたろう。下を向いていながら、おかあ様を―はま子さんの顔を、ちょっと盗み見るようなところがなくっちゃ……いいえ、そうはっきり見ちゃいけない。見ると言っても、目で見るんじゃない。ひたいで見るの。こういったぐあいに、ずるそうに。そのくせ、目はかえってようかんのほうを見ているのだよ。そら、どろぼうネコが、うちの人のようすを見ながら、台どころのおさかなをねらっているような目つき、ああいった目つきさ。いいかい。わかったかい。じゃ、もう一度やってごらん。『おかあ様がよいものをあげましょう。』……そう。まあ、そんなところだね。とにかく、本当のおかあ様じゃないんだから、なじまないんだよ。なんでもひがんで、ひねくれてやってくれなくっちゃいけない。―では、さきをやろう。『じゃ、ようかんはあがらないんですか。』」

（定本版『山本有三全集』第四巻、二一八頁）

これを読み始めると、途中まで何のことを書いているのか判らず、ちょっと戸惑う。終りに近付くにつれて、これは戯曲の演技指導をしている場面だなと気付く。実際これは山本有三の短編小説『子役』の冒頭部分であって、有三の戯曲『津村教授』の上演に際しての有三自ら（作中では永介と称す）が子役の扇芝に稽古をつけている場面だ。何故有三自身と思われる永介が自ら抜き稽古をつけているかというと、作中に「彼の処女作」とある『津村教授』（実際は『穴』が処女作、第二作が『淀見蔵』、のちに『女親』と改作、があって『津村教授』は第三作であるが、新劇の本舞台で公演されたという意味では処女作と称してよかろう）が、旧劇の劇団の舞台監督である福住から初めて上演の申し込みを受けて永介は舞上り、今度の劇で主要な役を果す子役に旧派の下まわり（地位の低い歌舞伎役者）の子を使うのはどうかと思うが、監督から経済的事情を説明されて止むなく承知せざるを得ず、しかもその監督が自らはろくに稽古をつけてくれないのを見て、止むに止まれず、自身の脚本が悪いと取られることも恐れて、自ら子役の抜き稽古を買って出たのである。しかし歌舞伎の子役に慣れた扇芝はいくら指導しても歌舞伎調の引き延ばした口調を改めることができない。永介は困り果て、毎日おもちゃ屋に寄って自動車や飛行機を買って来て与え、時にはお菓子を買って与えたりして子供を喜ばせ、芝居をするつもりでなく、普段話している通りに普通に話せばよいのだからと注意して話させると、次第に普通の口調で話せるようになってきた。ところが前日うまく話せるようになったかと思うと、翌日はまた引き延ばした旧派の口調に戻ってしまう。それを何日か繰り返したあと、永介は福住に相談すると、福住は「ひよつとすると親がうちで教へてゐるのかもしれない」と言い、福住は早速親の扇之丞を呼んで問い質すと、「折角の大役だから失敗しないやうにと、うちでもしつかり稽古させてゐるのだ」と言う。福住は「志村さんが熱心に教へて下さつてゐるのに、そんなことをしたら台なしになつてしまふ」と注意する。それを聞いて永介は子役の科白《せりふ》がもとに戻ってしまう理由を知るが、同時に子供に思いがけず大役を授かった年配の下まわりの親心もいじらしく感じる。

ここまで来て福住の口から「志村」の名前が出て、永介が志村永介という氏名であることが知られる。そのようにこの作品は志村永介なる山本有三自身と目される人物一人の視点からすべてが記述される。しかし永介が福住や扇之丞のことを間接的に表現する場合には本名の外に、「彼」という第三人称を用いる。しかし自分自身のことを表現する場合も自分という言葉以外に「彼」という自己自身をも客観視した表現も使う。これは間接話法の場合、永介をその都度永介、福住をその都度福住を繰り返し使うことの煩しさを避けるためのものであり、直接話法の場合は、永介も福住も自身のことは「ぼく」を使っている。この「彼」の使い方の部分で、一個所だけまぎらわしく、避けた方が良いと思われる所がある。それは子役の扇芝が父親の扇之丞の前でぐずっている場面で、扇之丞が『おまへ、また言ふことを聞かないのかい。さう何でもいふことを聞かないいんなら、これだぞ。』と「こぶしを固めて、振りあげさうにした。」という扇之丞に「彼」という代名詞を使い、その直後、「永介は知らん振りをして、咄嗟《とっさ》に、そこに現れた。」『どうしたんだ。何だつて泣いてゐるんだい。』と、永介は「子役に近づいてなだめてやつた。しかし、子供は泣きやめなかつた。」という表現がある。この個所の永介のことも「彼」と表現している。この場合、直前に扇之丞のことを「彼」と表現し、その直後に現れた永介のことをも、その言葉の後にすぐ「彼」と表現していて、代名詞は直前の名詞を代理するものとの原則からは間違いとは言えぬが、少しの間も置かず続いて二人の人物が登場し、その両者を同じ「彼」と表現することはいかにもまぎらわしく、混同する虞れがある。このような場合は一方は「彼」と表現しても、その直後のものは面倒でも名前で記した方が分り易く、混同を避ける意味でもその方が賢明と思われる。

そんなことがあった後の総ざらいの日、永介は福住に、「あの子役は扇之丞の実子ですか」などと聞くと、居合わせた女優は実子である旨を答える。ところが、いざ稽古を始める時間になっても扇芝も親の扇之丞も現れない。仕方なく、二本目の後の劇を先に稽古することにし、その間に使を出し扇之丞親子を迎えにやる。使いの者からの電話では、子供はうちの前でコマを廻して遊んでいたので、なぜ来ないんだと聞いたら、おとっちゃんが行っちゃいけないと言ったから、行かないんだと言っていたので、扇之丞に聞くと、今度は少し都合が悪く休ませて頂きたいと言い、今夜、師匠には申し上げるつもりだが、お稽古の方は出られませんとの口上とのことであった。それを聞いた福住は震える程の怒気で、今すぐ一緒に連れて来い。理由があるならおれが聞いてやると命ずる。やっと出て来た扇之丞であったが、子供を連れてはいなかった。福住は「この芝居をこはす気なのか。一体けふを何と思つてゐるんだ。」と怒鳴る。「病気とでもいふんなら仕方がないが、うちで独楽《こま》を廻して遊んでゐるつていふぢやないか。何が気に入らないでそんなすねた真似をさせておくんだい。今度は大層お高く止つてゐるぢやないか。い、役がついたからな。実際今度は君んとこのがゐなくなつちや芝居があけられないんだ。それほど大事な扇芝だ。君はそれをようく知つてゐる。そいつを知つてながら惣ざらひの日になつて急に子供をよこさないつていふのは」魂胆があるに決っていると福住は叱責する。扇之丞は何の魂胆もない。お給金のことでは全くない。そうではなくて今度の興行だけは是非とも休ませて頂きたい理由があるのだと言う。それは自分は子供がかわいいからだと言う。福住は「誰だつて子供は可哀い、さ。分りきつたことぢやないか。」と怒ると、「ですから休ませて頂きたいんでございます」と扇之丞は答える。そして自分の子供は丁度七つ八つの憎まれざかりで、そうでなくても言うことを聞かないで、手に負えないでいたところ、今度の芝居であの子のやる役が、それに輪をかけたようなきかん坊で、おまけに継《まま》っ子ときているので、ひねくれて何一つ親の言うことを聞かない。これが昔の歌舞伎の世界のことなら、子供もそれを少しは弁《わきま》えてくれるが、今度のものは現実そのものので、芝居のような気がせず、日常生活そのものを演じるようになっているので、そうでなくても反抗期の子供が毎日ひねくれた子の稽古をつけられているようなもので。子供のこととて、現実と芝居の区別がつかず、日毎に手のつけられないひねくれた子になって行くのが怖《こわ》くて、しかもこれが総ざらいの今日だけに限らず、明日の惣稽古、そして一週間も続く本番と、本格的に演技をさせられては、我が子がどんなになってしまうか心配で、それで休ませて欲しいとお願いしているのですと話されると、福住も扇之丞の親心が理解できないこともないように思われたが、そうかといって本番間際の今となって代役は絶対に間に合わない。何としても扇之丞を説得するよりほかはないと考え、自分である代りに扇之丞の師匠に頼んで、扇之丞を二人の前に呼び、何とか無理やりに扇之丞を納得させることに成功する。

この扇之丞と福住、そして座頭を加えた、二人ないし三人の話し合いの場面だけは、本文にも「永介はもとより扇之丞の話を知らないから」と記してあって、永介の視点からの記述ではないように記されているが、実は総ざらいの場面には永介も出ており、従って扇之丞の家に使を出したことも、その返事も、また扇之丞がやって来て福住に話した理由もすべて聞くことのできる立場にあったのであり、更に座頭を交えた話し合いの場面に永介が立ち会うこともできたのであって、従ってこのすべてをも永介の視点から描くことも可能であった筈であった。然るにこの場面だけを、永介の視点からではないように描いているのは、本文の中で、福住と座頭が扇之丞を呼んで説得する場面で、「作者の方には、余りねつく口出しをしないやうに、注意するからと諭《さと》して、やうやう、いや、無理〳〵に彼を納得させた。」と記してあるように、この場合、永介を出席させない方が、扇之丞を説得する場面としてより抵抗なく容易に進め易いと考えた上での処置であろうが、そのためにここだけを永介の視点から描かないようにして、後に永介はそのことを福住から聞くということにしてあるから矛盾はしないが、しかしすべてを永介の視点から描こうとする見地からは、永介をここに出すことは不可能ではない筈である。しかるに作者は敢えてそれを避けたものであろう。このようにこの作品は、全篇が永介の視点から描かれたものと見てよい作品である。従って技巧的に言ってこの作品は主人公一人の視点から描かれるという、特に意識した技法を用いた作品といえる。また主題的には、芝居の役割上の人格が日常生活の人格に「転位」していく問題が扱われ、それをめぐる矛盾や葛藤が展開されており、更にこの父親像は有三の次の作品『瘤』の専吉に通ずる庶民性をもったものともなっている。

これを要約すると、この作品は親が子を思っての父子愛の問題が主題となっているのであるが、その間の事情を知り得なかった福住と作者の永介とは、この絶好の機会を利用して出演料を上げさせようと、子役の父親が意図したものと誤解する。しかし、そうではなく、父の扇之丞は、我が子がこの上もない大役に付けられたことを喜び、自分自らが子に稽古をつけさせて成功させようとしているくらいであって、そんな意図は全くなかったのであるが、そのことが反って仇になってしまい、科白を歌舞伎調にしてしまって、折角の作者の抜き稽古を無駄な骨折り損なようなことにしてしまうが、親はそれだけ子のことを思って、芝居の内容が子供をひねくれた子にしてしまいそうに感じて、その子のために、芝居よりは子の躾や性格を誤ったものにしたくないという思いの方が強くなって、子を芝居から下ろそうとした、親の子に対する愛情から発したものであることが判明する。

またこの表現技法についても、すべてが永介の視点から記述されているようにするために、福住と親の扇之丞と座頭の三者会談の場に、わざと永介を出さないようにしてあるのは、永介がいては話の内容から少し具合が悪かろうとの配慮から出たものと解することができようか、その場面は後に永介が福住から伝聞したというような形にすることによって、すべてを永介の視点から記述するという表現技法には全く破綻を来たさないようになっている。

第四章　短編小説『チョコレート』

――父子愛・友情・社会性の問題――

有三の『チョコレート』は、昭和六年一二月号の「改造」に、『子役』と並んで同時に発表されたものである。当時、昭和初期に世界を襲った大恐慌は徐々に収まりつつあったものの、日本においてはまだまだ景気は回復せず、不景気のさ中にあって、一般の人々はもとより、大学卒業生でも極端な就職難に喘いでいた時代を背景にした作品である。

主人公圭一は、大学は卒業したものの、まだ就職できないでいる。しかし彼の父が退職した元銀行の重役であったため、彼が就職できなくても差し当って困るようなことはなかった。彼と同じ大学の卒業生の友人二人のうち、一人は就職できたが、もう一人は十中九まで大丈夫という所まで行ったが、突然の闖入者のために駄目になってしまう。その闖入者が実は父が画策した自分であることを知り、彼は友人を裏切らないために身を引いて友人を入れようとするが、結局は駄目になってしまう。そのために両親と葛藤するような破目に陥るが、どうにもならず、彼の友情は役に立たないで終わってしまう。

従ってこの作品は端的には、昭和初期の世界的大恐慌の時代を背景に、就職できないで困っている貧困な学生に対して、比較的裕福な同級生が、自分の就職口を譲ろうとした友情の物語と解することができよう。しかしながら仔細に考察するとそう単純なものでないことが判明する。

圭一という主人公自身が就職できないでいて、そんな自分が両親と毎日顔を合せていることが苦痛で、自分の蔵書を売り払ってでも旅に出て、数日間でもその苦痛から逃れようと古本屋を呼んで交渉する。その時父に呼ばれて愛国紡績の専務に会いに行けと言われ、不審に思いながら会いに行くと、本人は留守であったが秘書の口吻から、父が裏で尽力してくれて纏まったものであることを知り、面と向ってはまだ就職口はないのか、わしは何もしていないが、専務が会いたいと言っているのは、お前が頼んで置いたからではないかと、知らぬふりをしながら、実は息子のために就職口を探してやり、洋服を作れと言ったり、ネクタイでも買えと五〇円もの大金を小遣いとして与えたりしてくれる父に、圭一は口では反抗的な態度を示していたが、やはり親は親だと内心大いに感謝し、喜びで一杯になり、欣喜雀躍して誰れ彼れに叫びかけたいような気持になって外出するところは、父子の情愛を描いたものであって、親子の愛情の物語と言えるが、その後に二人の同級生と遭遇し、そのうちの一人が自分の入社しようとしている会社の試験を受け、合格の一歩手前で手蔓《ずる》で入って来た者のために不合格になってしまったことを聞かされ、それが自分であることに気付いて、これはいけない、他人の就職口を横取りするようなことはできない、自分は就職しなくても差し当って困る身ではないことでもあるし、ここは自分が身を引いて、彼に譲る、というよりは返さなければならないと思い、そのまま旅に出て専務に会う約束を破り、自然に自分の口を壊すことによって元通り彼を入社させようと考え、数日間留守をすることによりそれを実現させようとして、そのまま旅に出てしまう。

しかし旅館に一泊して翌朝目を覚ますと、今からでも帰ればまだ間に合うのだがと、未練な気持が起きかけるが、いやいや駄目だと風呂につかり、それを打ち消そうとする。そのあと、休憩室で新聞の投書欄の女性の苦衷を訴える文を読み、迷いは消えて、そのまま旅を続けることによって初志を貫こうとする。そこに圭一の友人に対する強い友情の存在を確認できると共に、更に彼の社会に対する関心の深さをも同時に見て取ることが可能である。このことは冒頭の古本屋に払い下げをする際、ホブソン[1]の『社会改良主義者、ジョン・ラスキン[2]』にアンダーラインが多数引いてあるとあり、よく読んでいたことが判明し、それは売らないで手許に置くという表現にもよく現れている。有三自身は社会主義者ではないが、長編『風』や『女の一生』、『路傍の石』などによって、社会に対する抗議を描いたり、共産主義者や社会主義者等を登場させて、官憲によって弾圧され、作品の中断や中絶を余儀なくされる等の事実が度重なっていることなどによっても、有三の社会に対する関心の深さは充分に裏付けられている。

帰れば両親に極め付けられることを覚悟の上で帰宅すると、父は留守であったが、母には、父が骨折って探してくれた就職口をふいにしてしまったことで泣き付かれ、後任が決まったように聞かされて、さては意図通りにうまくいったものとばかり思い込み、早速熊田の家を訪ねると、熊田は留守で老母に聞くと、熊田は出勤しているのではなく、あの口は数日前に壊れてしまったままで、どこかに口はないものでしょうかと反問され、圭一はぽかんとしてしまう。自分の好意は生かされなかったのである。会社としては熊田を不合格にしたのは、もう人員をふやす必要がなくなったからであるが、元銀行の重役で、自社の重役をも兼ねていた人の息子ということで、会社の利益を考えて、余計ではあっても圭一を採用することを決めたのであって、その圭一が辞退するというのであれば、代りを採用する必要は全くないわけで、熊田が浮上することはあり得なかったのであるが、そこまで気の廻らない圭一にとっては、折角の自分の行為が無駄になってしまっていることを知り、呆然となってしまう。熊田家を辞して電車の停留所で待っていると、空に大きな文字の「明治ミルクチョコレート」という布が浮んでいるのが目に入る。それは資本家や大会社を象徴するものであって、圭一をあざ笑っているようなものであった。良家に生まれ、苦労知らずに育った彼には、社会の現実がどういうものであるかを理解することができず、自分が邪魔をしたのであれば、自分が身を退くことによって元に戻るものとばかり考えて取った行動であったが、それがそうではなかったことを知り、社会の冷厳な現実を目の前に突き付けられて、やっと少し目が覚めた心地になったものと思われる。「ミルクチョコレート」はそのような圭一の心情のほろ苦さと、自分の考えの未熟な甘さとを象徴させたものである。圭一の好意や友情は踏みにじられて、何の効用も発することなく、折角の思い切った友情も生かされることはなく終ってしまう。ここにテーマの一つである就職をめぐっての友情と、社会の現実を知り得ぬ若き青年の未熟さが描かれていて、この作品の場合、主人公は必ずしも作者自身の分身とは言い得ないまでも、しかしその家族愛や友情、社会性等の、有三の表現しようと意図したものは、混然としてではなく、整然とした形で描き出されているといってよいであろう。

なお、この作品において作者は、特に意識してではないにしても、一面において、大会社やブルジョアジーが、自己の利益のみを追求して、一般庶民やプロレタリアートを自由に操り、その生活や権利等を無視圧迫して省みぬ、現代社会の現実の一面を如実に記述して、その実情を遺憾なく剔抉《てっけつ》していると言える。

有三は元来戯曲家であったため、小説であるこの作品においても、場面やその転換等が巧妙に施されていて、読み易く、理解しやすいものになっている。しかもその描写の視点は、圭一一人を通したもので、登場する人物のすべての言動や生起する事実なども、圭一の視点のみを通して描かれていて、圭一の恩惟が中心となっているが、しかし単なる一元描写(3)に留まるものではなく、会話なども巧みに配置されていて、より有三の表現技法を確固たるものにしている。

注

（1）John Atkinson Hobson（一八五八―一九四〇）、イギリスの経済学者。自由主義ないし社会改良主義的な立場から資本主義経済を批判した。著書の〝Imperialism〟（一九〇二）は、帝国主義に関する最初の篤実な研究である。

（2） John Ruskin（一八一九―一九〇〇）英国の美術評論家、社会思想家。『近代画家論』（五巻、四三―六〇）で注目され、多数の美術関係の論文集があるが、以後、以前の民族および個人の誠実と道徳においてきた芸術理論を、さらに社会へと拡大して、資本主義および唯物論的社会主義を批判しつつ、「人道主義の経済」の上に立つ社会主義的ユートピアを提唱し、カーライルと並ぶ代表的警世家となった。

（3） 小説中の事件や人物の心理を、作家の主観を移入した一人物の目を通して描写する方法。田山花袋の「平面描写」に反対して、岩野泡鳴が唱えたもの。「人生は人間自身の主観に這入ってこそ、そして這入つただけが、真の人生である。」（『現代将来の小説的発想を一新すべき僕の描写論』大正七年一〇月「新潮」）と説く。

付記　振り仮名廃止論と漢字制限論

有三は、当初は他の作家同様文字には頓着することなしに自分の作品に難解な漢字を使用していた。当時は殆どの新聞や雑誌は総ルビであったので、それで、少々難解な文字でも一般の人々が読むのに不自由はなかったからである。有三は極端な近視であったからというのではないが、次第に振り仮名は邪魔に感ずるようになり、振り仮名がなくとも一般の人々に読めるような漢字のみを使用することの必要性を感ずるようになって、そうすることによって表現もより平易なものとならざるを得ないことを感じていたが、遂に昭和一三年四月出版の『戦争と二人の婦人』に、「この本を出版するに当って―国語に対する一つの意見」という題名の文章を発表して、初めて振り仮名廃止論を唱えた。そしてその収録作品二篇のすべてで振り仮名は用いなかった。従って難解な文字は用いず、振り仮名なしでも充分に一般の人々の読める漢字と、それに伴う平易な文章によって表現可能なことを自らの実践によって示した。このことが当時の文壇の関心を呼び、多くの賛同を得たが、反対論者も少なくなく、この論をめぐって、『ふりがな廃止論とその批判』（白水社、昭和一三年一二月）という、多くの作家や国語研究者の意見を収録した書物が発刊されて、これが後の当用漢字の制定というような漢字制限の実現に連らなる契機となった。有三はそれ以降、自ら振り仮名付きの漢字を用いることはなく、振り仮名廃止を実行し続けている。戦後にはすべての作品の改版において振り仮名を用いず、難解な漢字は平易な漢字に置き代えるか、平仮名に書き替えるなどして、平易な文字と表現によって作品を書くことになる。しかし、戦後の作品は多くはなく、『無事の人』だけがそれを代表するものとなった。戦時中の改版である『瘤』（岩波新書、昭和一三年一一月）も、すべて振り仮名は省かれている。そこで、その前の単行本である『瘤』（改造社、昭和一〇年七月）はまだパラルビの形になっているので、これとの比較を使用漢字の相違と表現の変更等についての調査の結果を示す。

漢字使用の実態――ルビの廃止、文字の変更、表現の改訂――

一、ルビのみを取ったもの（掲出順）

床《ゆか》↓床、角帯《かくおび》↓角帯、顎《あご》↓顎、小遣《こづかひ》↓小遣、嫌《きら》つて↓嫌つて、死《し》もの狂《くる》ひ↓死もの狂ひ、後来《こうらい》↓後来、開《ひら》き↓開き、癖《くせ》↓癖、縁組《えんぐみ》↓縁組、世間体《せけんてい》↓世間てい、見場《みば》↓見場、謡《うたひ》↓謡、染料《せんれう》↓染料、甘《あま》く↓甘く、下心《したごころ》↓下心、床《とこ》↓床、外《ほか》↓外、間柄《あひだがら》↓間柄、山水《さんすい》↓山水、先方《せんぽう》↓先方、見当《けんたう》↓見当、私《わたくし》↓私、邸《やしき》↓邸、下阪《げはん》↓下阪、柔《やはら》か↓柔か、巧《たく》まず↓巧まず、御親父《ごしんぷ》↓御親父、面《めん》↓面、大出来《おほでき》↓大出来、如才《じよさい》↓如才、お膳立《ぜんだて》↓お膳立て、茶の間《ま》↓茶の間、料簡《れうけん》↓料簡、巻尺《まきじやく》↓巻尺、札《さつ》↓札、お父《とう》さま↓お父さま、外《そと》↓外、骨《ほね》折↓骨折、時分《じぶん》↓時分、奢《おご》る↓奢る、好《す》かん↓好かん、滅《め》入る↓滅入る、干《ほ》す↓干す、一息《ひといき》↓一息、欝憤《うつぷん》↓欝憤、通《とほ》つた↓通つた、奴《やつ》↓奴、何遍《なんべん》↓何遍、隠《かく》す↓隠す、常談《じようだん》↓常談、小蔭《こかげ》↓小陰、幾分《いくぶん》↓幾分、無聊《ぶれう》↓無聊、急《いそ》がす↓急がす、古風《こふう》↓古風、仄聞《そくぶん》↓仄聞、本人《ほんにん》↓本人、一助《じよ》↓一助、度胸《どきよう》↓度胸、湖《みづうみ》↓湖、内《うち》玄関↓内玄関、居間《ゐま》↓居間、気軽《きがる》↓気軽、下等《かとう》↓下等、仰《おつ》しやる↓仰しやる、肩身《かたみ》↓肩身、方《はう》↓方、咽喉《のど》↓咽喉、墓地《ぼち》↓墓地

二、ルビを取り送り仮名を追加（省略）したもの

伸上《のびあが》つて↓伸び上つて、抜出《ぬきだ》し↓抜き出し、前置《まへおき》↓前置き、附値《つけね》↓附け直、引込《ひつこ》んで↓引つ込んで、お出《いで》↓お出で、抜目《ぬけめ》↓抜け目、四辻《よつつじ》↓四つ辻、小遣《つかひ》↓小遣ひ、矛先《ほこさき》↓矛先き、煮《にえ》切らない↓煮え切らない、切株《きりかぶ》↓切り株、骨折《ほねをり》↓骨折り

三、ルビなし漢字に送り仮名を追加（省略）したもの

突込んで→突つ込んで、（申し訳→申訳け）、落附いて→落ちついて、掛変へ→掛けかへ、振返る→振り返る、何だ→なんだ、差込んで→差し込んで、向う→向かう、綴込み→綴ぢ込み、取上げ→取り上げ、差当つて→差し当つて、書上げ→書きあげ、突刺す→突き刺す、投出し→投げ出し、泣出し→泣き出し

四、漢字を仮名に改訂したもの

頁→ページ、元→もと、親爺《おやぢ》→おやぢ、今→いま、兎に角→とにかく、外《そと》→そと、苦《にが》い→にがい、切羽《せつぱ》→せつぱ、十分《じふぶん》→じふぶん、奴《やつ》→やつ、嘗て→かつて、他人事《ひとごと》→ひと事、家《うち》→うち、上《あが》る→あがる、止《と》める→とめる、挨拶→あいさつ、馬鹿→バカ、筈→はず、拠処《よんどころ》→よんどころ、強《し》いて→しいて、体→からだ、折角→せつかく、真直ぐ→まつすぐ、案の条《でう》→案のぢやう、秘書《セクレタリイ》→セクレタリイ、醒め→さめ、手伝ふ→てつだふ、常談《じやうだん》→じやうだん、飯《めし》→めし、何でも→なんでも、大様《おほやう》→おほやう、己《おれ》→おれ、迄→まで、今日→けふ、真《ま》ん中→まん中、一しよ→いつしよ、大体→だいたい、何処《どこ》→どこ、外《ほか》の奴《やつ》→ほかの奴、いつの間《ま》→いつのま、間→あひだ、萎れた→しをれた、蒲鉾《かまぼこ》→かまぼこ、山葵《わさび》→わさび、昨夕→ゆうべ、拡《ひろ》げる→ひろげる、貰《もら》ふ→もらふ、止む→やむ、終《しま》ひ→しまひ、勿論→もちろん、挙《あ》がる→あがる、喧《やか》ましい→やかましい、登つた→のぼつた、伊達《だて》→だて、引抜か→ひき抜か、台《うてな》→うてな、却つて→かへつて、拭《ふ》き→ふき、壊《こは》れ→こはれ、歪《ゆが》んで→ゆがんで

五、仮名を漢字に改訂したもの

つまつた↓詰つた、あてて↓当てて、こと↓事、しやうが↓仕様が、いはず↓言はず（二カ所のみ）

六、一、二字分の文字の省略、添加、変更

彼の父↓父、鄭重↓丁重、以前の↓以前、肚《はら》↓腹、蔭《かげ》↓陰、たうとう↓とうとう、暮れ切らぬ↓暮れ切れない、片附いてない↓片附いてゐない、雖も↓いへど、え？↓えゝ！、簡短↓簡単、腋《わき》の下《した》↓脇の下、ことのない↓こともない、漱石↓誰か、こんな↓そんな、真直《まつす》ぐに↓まつすぐ、布《きれ》↓切れ

七、語句、文の変更

適用する↓当てはまる、何といふことなしに↓ふいと

八、誤植並びに衍字の訂正

附値↓附け直、お父様さま↓お父様

第五章　中編小説『不惜身命』

——典拠・変容・技法について——

第一節　石谷十蔵の経歴と有三の歴史小説の方法

『不惜身命』は「キング」昭和九年一月号と三月号の二回に分けて、第三章までが一月、四章以下九章までが三月に発表された。有三の主要な作品である戯曲においては、時代物が半数を占めるが、小説においてはこの一作のみが時代物である。この作品の主人公石谷十蔵貞清は実在の人物であり、一五九四（文禄三年）—一六七二（寛文一二年）、ただし一六七三（延宝元年）没の説もある。江戸時代前期の幕臣で、慶長一四年（一六〇九）徳川秀忠に仕え、大番・腰物持役・徒頭を経て、寛永一〇年（一六三三）目付に進み、上総・相模・甲斐三国のうち千五百石を知行、同一三年六月には寛永通宝鋳造について近江坂本に赴いた。同一四年には島原の乱に、上使板倉重昌の副使として出陣、負傷した。同一八年先手頭として与力一〇騎、同心五〇人を預けられ、正保二年（一六四五）近江水口番、慶安三年（一六五〇）近畿水害地巡視を勤め、翌年六月北町奉行に昇進し、慶安の変（由井正雪の乱）

に丸橋忠弥をはじめ江戸の一味を手配した。この年、従五位下左近将監に叙任。万治二年（一六五九）正月辞職、七月致仕して土人と号した。慶安の変で浪人救済の必要を痛感し、町奉行在職中の九年間に七百人、退職後没するまでの一三年間に三百人の浪人の仕官の世話をしたという。寛文一二年（一六七二）九月一二日没。七九歳という経歴の持ち主である。

この人物の若年から島原の乱平定後までの、彼の命知らずの「不惜身命」の境地から「惜身命」の境地に到達するまでの心情と行動を、『寛政重修諸家譜』（『家譜』）[1]や『武功雑記』（『雑記』）、『名将言行録』（『言行録』）、『大日本野史』（『野史』）、『翁草』、『柳営補任』（『補任』）、『島原天草日記』（『日記』）、『嶋原一揆松倉記』（『松倉記』）、『天馬異聞』（文明源流叢書第一）等の諸資料を駆使し変容して描き出したのがこの作品である。有三の歴史劇や歴史小説執筆の方法について、高橋健二氏は、

有三は特に歴史物に際しては綿密な考証をかさねていたが、この作品から『米百俵』にかけては、実に驚くほど史実を調べあげて、凝り性ぶりを発揮している。もちろん、調べられたものの一部が作品の中に現れているのであって、大部分は、土台や壁の中の柱のように見えない素材になったり、捨てられたりしている。……歴史を書くのではなく、歴史上の実在の人物に作者の人世観や処世観を託して、作者がこうとにらんだ人間を描くのであるから、その点、創作的想像の自由は拘束されない。しかし、史上の人物である以上、ゆえなくして歴史的真実にそむかないことが、その人間を如実に浮き彫りにするゆえんであるから、考証をゆるがせにしないのである。[2]

と指摘している如く、この作品もまた史実に則って、これを充分に活用して変容し創作している。これに関連して、更に、素材と作者の関係についての有三自身の考えを知るには、「芸術は『あらわれ』なり」(「人間」大正一〇年五月)などが参考になるであろう。

第二節　将軍秀忠の猪狩りと石谷十蔵の出過ぎた行為

将軍秀忠が上総の東金で鷹狩りをした折、(3) 勢子の追い出した猪が将軍目がけて突進して来たのを、秀忠は鉄砲を命中させるが、一度倒れた猪は、忽ち起き上がって将軍目がけて突進して来た。その時、近侍の若者が躍り出て、側面から「おうい」と大声で叫んだ。すると猪はくるりと向きを変えて若者の方に突進した。彼は一刀で猪の鼻柱を切り落した。なおも暴れ廻る猪の腋の下を突き、更に咽喉を突いて仕止めてしまった。この若者が石谷十蔵であった。彼は二〇歳の折の大阪夏の陣の戦功によって秀忠に認められ三百石に取り立てられたのであった。彼が猪に向かって「おうい」と叫び掛けたのには二三年前の苦い経験があったからである。彼は大阪の陣の実戦以来、刀槍に大いに自身を持つようになり、折々高慢の言を吐いてはばかることがなかった。たまたま猪狩りの話しが出た時に、彼は自分の腕を示したくなって狩を催したことがあった。その折、狩り出された猪の脳天を真向微塵と切り下ろしたが、逆に彼の大刀の刃がこぼれただけで、猪は猛然と彼に襲いかかった。彼は又も脳天に二刀浴びせ掛けたが、猪はひるまず、やっとのことで前足を切り払って仕止めた。すると又しても二頭の猪が狩り出されて来た。今度は前足を切り払うような不様なことではなく、胴切りか乾竹割《からたけ》りにして名誉を回復したいと思い、向って来る一疋にひょいと身をかわして太刀を胴体に打ち下ろすと、今度は猪を真二つに切り放すことができた。二疋目はと思って見ると、彼の従者が追い詰められて必死に格闘していた。彼は助けに向おうとしたが、足許の雑木などに足を取られて、やっと辿り着いた時には、無残にも従者は猪の牙にかけられてしまっていた。十蔵は従者の弔い合戦と思い、向ってくる猪に身をひらいて横ざまに切りつけると、忽ち真二つになってしまった。従者を失ったことは如何にも痛ましかったが、二疋までも大猪を真二つにした手際を思うと、「どうだ、俺の腕は」と腹の底では誇らしい気持で、狩人たちに真二つにした猪を担がせて揚々と山を下った。下の村に着くと、集った子供達が笑い出し、「何だこれは、こんな風に切つちまつちや駄目ぢやねえか。皮がちつとも役に立たねえや」と言われ、十蔵はハッとした。その夜十蔵は従者の通夜をしながら、古老の狩人から猪を仕止める仕方を聞いた。

それによると、頭や胴を切ってはならず、猪の急所は鼻柱だから、それを切った後、咽喉を突けばわけなく倒れてしまう。もし一刀で咽喉を突けなければ腋の下を突いてから咽喉を突けばいい、そうすれば皮にも傷がつかないでそっくり取れると教えられた。それから、連れの者が猪に襲われている時とか、その者の方に猪が突進して来た場合には、「おうい」と叫びさえすれば、猪は必ずその声の方へ向きを変えて突進して来るものであることを聞かされた。その体験があったので、今日の将軍の危機を救おうと、彼は自らの危険は省みず、「おうい」と声を掛けて猪を自分の方へ引き寄せ、仕様通りに猪を仕止めて将軍の危機を救ったのである。彼は内心得意の境地で、褒詞を期待したわけではないが、将軍の許に急ぐと、将軍はもうそこにはいず、仮屋に御休息になったと聞き、仮屋に伺候すると、将軍は彼を引見しない。不審に思い近侍に尋ねると、上様はきつい御癇癖だと言う。そして、そのもとが出過ぎたことをなさるから。今日のお狩りはどなたがなさるお狩りなのじゃ。上様か。そのもとかと詰められ、十蔵は丸太でがんと殴られたような気がして、自然に頭と手を雪の地上に落とさざるを得なかった。十蔵は自分の腕自慢と出過ぎとを一時に反省する機会を与えられたことを痛感した。

このようにこの作品は以下同様に史実には基くもののそれに拘ることなく、それらに有三自身の想像力をふくらませて自由に付け加え、作品として格調高いものに仕立て上げていることが判明する。

また、記述についても、すべてが十蔵の目を通した一元写実ではないように見られる場面も無いではないが、十蔵の行為の一部を描いた場面は或る程度客観描写にならざるを得ないかと思われるが、これも十蔵の意識の中では充分自覚されていたことであって、必ずしも一元写実ではなくとも、単なる客観描写として斥けることはできない。

第三節　十蔵逼塞の禁を犯し狩に扈従し薄氷の池中から獲物と鷹を得て侍臣に渡す

しかしそんなことがあった後も、十蔵の出過ぎた行動は収まることがなかった。前回の行動により十蔵は老中から逼塞《ひっそく》を仰せつかっていたが、将軍が新宿に狩に行くと知るや、自分は将軍麾下の者である、上様直々の御上意でない限り、老中の命に服するよりは上様御他行の折、お供いたさずばおられぬと、将軍の狩りに目立たぬように従う。(5)彼は以前にも大阪夏の陣の折、江戸城詰めの隊に属していたが、どうしても従軍したくてたまらず、上書したが許されなかったので、衣類をすべて売却して路銀を整え、歩卒に具足櫃《ぐそくびつ》をかつがせ、自分は紬の袷一枚で昼夜兼行秀忠の軍を追い、足は腫れ上ったが、伏見(6)でやっと追い付き、秀忠も軍律を犯したのは許し難いが、彼の熱意に動かされ、彼の従軍を許したばかりか、銀子三枚を賜ったことがあった。(7)そんなこともあって、彼としては殊更掟を破る気は毛頭なかったが、主君の行く処には是非とも付いて行かなければ気がすまなかったのである。

新宿の辺で将軍が拳上に鷹をすえて辺を見回していた時、思いがけず、日本では珍しい大きな袖黒鶴を発見した。将軍は鶴が池から二丈程も飛び上ったところを見澄まして鷹を放った。鷹は猛然と鶴に襲いかかったが、相手の方が体も大きく、鈍い爪で咽喉に食いついて落とそうと格闘するが、容易には成功せず、逆に鶴によって上空に連れ去られそうになる。そこで二羽目の鷹を放つと、二羽の鷹にまとわりつかれた鶴はさすがに力尽きて落ちて来た。そして池の中にはまってしまった。臣下達は獲物と鷹を得ようとするが、舟はなく、止むなく近くの丸太を拾い集めて筏を作り始めた。その時、向う岸から裸の男が薄氷のはった池にざぶんと飛び込み、抜き手を切って池の真ん中まで泳いで進み、獲物と同時に鷹をも両手で救い上げ、立ち泳ぎしながら筏で近付いて来た近侍に手渡した。それを見た秀忠はあれは十蔵ではないかと問い、御意にございますと答える近侍に、相変らず出過ぎたことをする奴じゃと言われながらも特に何の処置を受けることもなかった。そのしばらく後、今度は板橋に狩し、この日は大収穫であったため将軍の機嫌は良く、十蔵の姿を目に留めると、近うと呼び付け、腰の物を持てと、将軍の刀持ちに任ぜられた。さすがの十蔵もしばらくは目の前が見えないくらい感激したのであった。これらの事実も多くの史料[8]の伝えるところである。

十蔵はこのたびは出過ぎた行為をしたとはいえ、衆に先んじて獲物を確保した上、傷ついた鷹を救い、それを筏の侍臣に渡して、自らは静かに葦の岸辺に姿を消すというように、己の力を誇示したり「不惜身命」を顕に出すような行動をすることはなかった。そのことが反って将軍の目を引く結果になり、逼塞の禁を犯したお咎めを受けなかったばかりでなく、腰物持役に抜擢されることになったのである。これにより十蔵の「不惜身命」の自恃に対する反省が少しは目覚めて来たことを伺うことができるが、真の自覚に達するにはまだまだ道は遠い。

第四節　町の武辺者を切り捨てることと宝蔵院流槍中村市右衛門との試合

或る日、十蔵は中橋新地の辺を歩いていて、ふと、葭簀をめぐらした囲いに、

剣術無双者也。立合所望に応ず。

誰にても真剣を以て立向ひ可レ申。仮令《たとひ》切殺さる、とも不レ厭《いとはず》。

と掲げてあるのに目をとめ、将軍のお膝下において憚《はば》かることなく「剣術無双者也」などと書き立てるのは不届至極と怒り、貼紙をばりっと引き破って囲いの中に入って行った。入口の者が、お立合料を。見物だけなら見物料をと言うのを振り切って、中の剣術者を見ると、矢張り立合料を払えと言う。さもなくば立ち合いはせぬと言うのに対して、武士が真剣で立ち合うのに立合料とは何事か、立ち合わぬというのは卑怯者だと叫ぶと、武辺者も何を無礼なことを、自分はこれにより生計を立てている者、立合料を納めぬ者とは金輪際立ち合わぬと言うのに対して、剣術無双などとは上を恐れぬ不埒《ふらち》な奴、ただ今かぎり囲いを徹して引き下がるにおいては許してつかわすがと言うと、さすがの武辺者も我を忘れて、鉄扇を投げ付け、一刀を引き抜く。その時には十蔵も白刃を握って鉄扇を振り払い正眼に構える。二人は互に構えたまま相手の力量を感じ取り、睨み合ったまま少しも動かない。二人の額には油汗がべっとりとにじんで来た。やがて十蔵が敵の息づかいがやや荒れて来たのを見て取り、じり

じりと押し詰めて行った。葭簀の隅まで押し詰めた時、彼は足首に冷たい紐のようなものがからまったのを感じたが、見ることはできなかった。それは手下の者が万一に備えて用意していた小蛇であった。彼はそれを確めることはできなかったが、それを機会に二人は二三合渡り合い、さっと両方に離れた。その瞬間に彼はそれが小蛇であることを確認すると、卑怯な真似をするなと憤然と躍り込み、またしても数合渡り合った末に、「えゝいつ」と鋭い気合いと共に相手を斬り倒すことができた。十蔵は刀を納めると、それでも剣術無双の者か、不埒な奴め、思い知ったかと勝ち誇って引きあげた。このことについては史料に何の記録もないので確認し得ないが、恐らくは有三の創意によって描かれたものと推量される。十蔵の刀剣の術や胆力を示すことによって、彼の「不惜身命」の自恃の程を示す材料に使おうとしたものと思われる。

このことが評判となり、或る日呼び出されて上様が宝蔵院流の名手中村市右衛門の槍を御覧遊ばされるに付き、そのお相手をと申し付けられる(9)。中村市右衛門は宝蔵院流の槍法の祖、覚禅房法印胤栄の一番弟子で、槍の達人であることは天下に知られていた。その相手に数ある勝れた武技者の臣下の中から、自分が抜擢されたことに十蔵は感激し、勝つことは叶わずとも負けることは絶対に避くべく、真槍を以て相対したいと願い出た。しかし詮議の結果、一命に関すること故それはならぬと許されなかった。止むなく十蔵もたんぽ槍を持つことになった。試合が始まるや否や、十蔵は瞬間的に穂先を相手の臍《ほぞ》の前にぴたりとつけた。そして相手の槍に払われぬよう渾身の力をこめて構え続けた。従ってそれ以外は隙《すき》だらけであったが、相手が突いて来たら自分も相手を突き伏せずにはおかぬという、相撃ち覚悟の戦法であった。相手もそれを知ると、迂闊に動くことはやめ、この若者と相撃ちになることを避けるため、自らも仕掛けることはしなかった。そのようにして槍先が僅かにふるえるだけで、やがて静止したような状態になって三〇分近くも経った頃、審判の制止によって引き分けとなる。

並居る者は皆、十蔵の負けを予想していたので、この結果は意外で、十蔵の評判はいやが上にも上昇した。捨て身の覚悟で望み、真槍での試合を願ったりしたのも、あっぱれと賞賛された。将軍より褒品を下されたことはもとより、親戚や知己から多くの祝いが贈られたが、その中に渡辺半蔵という故老から贈られた指物があった。それは「不惜身命」と書かれた古びたものであった。(10) 半蔵は徳川譜代の臣で、槍半蔵と呼ばれ幾多の戦場で槍一本で功名を立て万石を得た剛の者であった。彼は自分の後を継ぐ者は十蔵を置いては外にはあるまいと考えて贈ったのであった。十蔵は感激し、それを床の間に飾って、「不惜身命」「不惜身命」と唱えて、「これだ」「これだ」と、彼の「不惜身命」の信念はここに具体的な形を整えることになる。

しかしながら、これらは注で指摘した如く、全くのフィクションであって十蔵の事跡ではない。後の注(9)で指摘する『言行録』においては、高橋左近に対して家光は事前に策をさずけている。それは「直鎗を中段に持て、中村如何様働く共、少しも構はず、中村が臍の上に穂先を当てゝ居るべし。努々《ゆめゆめ》突くべからずとなり。偖《さて》試合の時に至りて、高橋命の如く構て動かず、中村も鎗を合はせて互に押合しに、双方の鎗ひたとしなひたるまでにて、押合うこと程久し。久世宏之、勝負を知れたり。双方相止め申べき旨にて、事畢りたり。」と記述されているものであって、実はその作戦は家光に指導されたものであるが、有三はそれを十蔵自身が考案した作戦の如くに描き、しかも左近の行動した通りに十蔵にも行動させて、そっくりそのまま転移させて記している。では、なぜこのような史実に反する事実を十蔵の行為であるかの如くに描いたのかについては、かつて作者は、「史劇と史実」（大正九年八月）の中で、「戯曲は人事の葛藤を表現するものであって、史実の穿鑿《せんさく》ではない。従って史実は衣服のやうに随伴的なもので、決して第一義のものではない。根本は人間そのもの、人間相互の間に醸し出される思想そのものでなければならない」と記している。この「戯曲」を「文学」ないし「小説」と置き換えて読む時、作者の創作態度はおのずから知れるのであって、ここにおいて十蔵は「不惜身命」の真の境地に到達したものの如くに描かれているが、次節において論ずる如く、十蔵の「不惜身命」から「惜身命」への境地の変化はそう長時間を要するものでないことが判明する。

第五節　十蔵「不惜身命」で得意になるが、柳生宗矩に諫められる

その後、十蔵は一層得意になって「不惜身命」の指物を背負った気分で街中を闊歩した。ところが或る日同僚から、柳生宗矩が「惜しいことにあの男はまだ分かつてゐない」と言っていると聞かされ、

直ちに柳生邸へ押しかける。宗矩は囲炉裡の前に座って灰の中に栗をいけていた。十蔵は早速、宗矩が武道を弁《わきま》えぬよう言われていたと伝聞したが、事実でござるかと糾問する。宗矩はさようなことでござるかと軽く受け答える。その瞬間、「ぱあん」と鉄砲のような音がして、丸いものが彼の前に飛んで来た。何か知らぬが彼は手の平でそれを捕えた。それを見た宗矩は、お見事と褒めると同時に、それは栗だったからよかったが、もし鉄砲弾であったらどうなさると聞き、それでも「不惜身命」で押し通しなさるかと言い、「不惜身命」も結構だが、時によりけりではないか、われらが惜しいと申すのは、それだけのことでござる。武辺者は切り捨てるし、仕合を仰せつかると真槍をもってなどと願い出る。今までは大過なくてよかったが、万一間違いでも起こした場合には、何を以って御奉公なさるおつもりか。お若い、まだ武道のわきまえが足らぬと申したのはそのことでござると説諭される。武士たる者「不惜身命」でなければならぬが、それだけでは上の上とは言えず、中の上か、上の下に過ぎない。真の勇者は生命を惜しむ。平生身命を惜しんでこそ、一大事の場合に「不惜身命」の働きができるのではあるまいか。そのもとのように年中「不惜身命」で力んでいては、弓の弦を張り放しにして置くようなもので、たるんでしまいかねない。「不惜身命」の指物は少しお下しになったらいかがか。肩が凝ってなりませぬぞと説かれ、彼のここへ押し掛けて来た時の見幕は全く消え失せてしまい、彼は自分の未熟をひしひしと感じ、宗矩の言葉を胸に刻んで、今日の粗忽《そこつ》を深く詫びて、宗矩のもとを辞した。ここにおいて十蔵の「不惜身命」の境地は鮮やかに「惜身命」の境地へと転換することになるのである。

しかしながら、この事実に関しては史実とは全く異なっている。宗矩が意見を述べたのは、高橋左近が中村市右衛門との試合を引き分けた時のことであって、『言行録』の先の引用の直後に、

此時中村鎗不出来なり。能く使ひたらば、召出さるべきに、不運なりと人皆言へり。

とある後に、宗矩の言った言葉が、

宗矩之を聞き、世上の評判、不案内の至なり。上の仰せられしは、極意なり。其上左近若輩ながら、大力の丈夫者にて、上意の旨を守り、少しも動かず。此時市右衛門勝んと欲せば、忽に負くべし。然るを勝つべからざるを知りて、斯く為せしは、流石名家なりと言て、称誉せり。

というのであって、左近と市右衛門を称賛したものであって、十蔵とは全く関係はない。他の史料においても、宗矩が十蔵に意見したというような事実は全く見当らない。それに対して、『言行録』巻之六九には、

貞清十八歳の時、辻忠兵衛異見に、其方は器量骨柄も能けれども、武辺をすることのならぬ生付なりと言ふ。

云云とあり、『雑記』には、

十八歳ノ時辻忠兵衛太郎助事也異見ニ其方ハ器量骨柄モ能ケレトモ武偏ヲスル事ノナラヌ生レ付也ト言フ。

云云とあって、十蔵に意見をしたのは、宗矩ではなく、辻忠兵衛太郎助であったということになっている。そして両書ともその末尾において「爰に於て、貞清、行跡を改む」、「ココニ於テ行迹を改ム」と記していて、辻の意見によって十蔵はその後、行跡を改めたものと解される。しかもこの時十蔵は一八歳と記されているので、その改心は極めて早い時期において行われたものであることが知られる。

これに関連して、有三には、御前試合における中村市衛門の世間の不評判に対して、これを擁護し、称賛している宗矩の事跡を、十蔵に対する意見者として換骨奪胎して活用することによって、辻忠兵衛というような世間的に余り知られていない人物よりは、宗矩のような知名な人物を出すことによって、より大きな効果を期そうとする意図があった如くに推量されるのである。

第六節　それからの十蔵の「惜身命」と「不惜身命」を現す行為

それからの十蔵は、まるで別人のようになった。若い十蔵は素直に宗矩の忠告を肝に銘じ、自分の至らなかったことを心から恥じた。そして、「惜身命」、「不惜身命」、「惜身命」と心中に繰り返し、生命を惜むにも、ただ命を惜むのと、もっと上の意味のと、段階の違うもののあることを知った十蔵は、今や「不惜身命」のもう一つ向うの更に一段高い「惜身命」の境地に至ろうと努めた。そしてそれは年と共に練れ深まって行った。

ある日、家光は麻生の辺で鷹狩を行い、その日は獲物が多かったので上機嫌で帰途についた。白金台に差しかかった時、家光のはるか御前を駄馬に乗って通り過ぎる者がいた。家光は怒って「あの者を斬り捨てい」と命じた。十蔵は早速駆け出して馬上の者をすぐさま引き下ろした。ところが、その者はしたたか者と見え、やにわに十蔵に組みついた。相手はなかなか手強く、ともすると十蔵の方がしてやられそうな形勢だった。家光は「どういたしたのぢや。日頃の十蔵に似合はぬではないか。」と言い、容易《たやす》く思って引き下ろしたが、もてあましていると見えると呟くと、側近の者が助力に駆け出そうとするのを制して、「捨て置け。助力するには及ばぬ」と、二人の組み打ちを面白そうに見物していた。やがて十蔵はやっと相手を投げ倒して引き捕まえることができたが、相手はお成りとも知らないで乗り打ち(11)した小関源蔵という名高い相撲取りであった。十蔵は平伏して、「手前のふつゝかより思はぬ手間取り仕りまして、何とも申訳けござりませぬ」と詫びると、家光は「いやこれも時に取つての一興。面白い相撲を見物いたした」と言い、十蔵が斬り捨ての命に反したにも拘らず、お咎めがなかったばかりでなく、翌日になって黄金五枚小袖一襲《ひとかさね》を賜った(12)。上意の上は斬り捨てるのが当然であるが、相手は下郎で、将軍の鷹狩りの行列とは知らず、何気なく通ったのであるから、これを斬ることは不憫である。十蔵がわざと工作をして下郎を助けたことは、むしろ家光の本意に叶うことであると、家光も感心したし、老中からも、御仁政の程を下々に徹底せしめる上からも至極のはからいであったと称揚されたということであった(13)。

また十蔵が徒士頭《かちがしら》をしていた時、⑭組下の者の庭に鶴が舞い下りて来たのを、下男が好気心から斧を放ると、不運にも当ってしまい、鶴は即死する。仰天した組頭は即刻その家の主人と下男とを幽閉した上、夜中に十蔵を訪ね、大禁⑮を犯したことを報告する。十蔵はそれを聞き、「ほうー　鶴が空から落ちましたか。さては鶴の頓死でござるな」と言い、「頓死、頓死」と大声に何度も叫んだ。そして組頭に、帰ったら組中の者にそのように話すように伝えた。翌日、十蔵はその鶴を持って登城し、老中に向って「昨日日暮、某《それがし》の組の者の庭に如何いたしましたのか、突然鶴が落ちて参りました。おほかた毒虫を食したための頓死と存ぜられますが、お届け申し上げます」と言上すると、老中は「頓死とあれば紀聞にも及びますまい」⑯と言うので、十蔵は礼を申し上げると共に、「かやうな毒にあたった鶴を上様に奉りますことは如何かと存ぜられますので、某にお下げ渡し願へますならば有難き仕合せ」と願い出ると、老中は毒死した鶴などよいように始末せよとのことで、十蔵はその鶴を持ち帰り、鶴を殺した件は露見せずに済む。邸に帰った十蔵は早速組頭以下奔走した人々を呼びにやり、「昨日からの心労、大儀であつた。さいはひにして格別のお咎めもなかつたから、慰労かた〴〵本夕は鶴の吸物をお振舞ひ申さう」と言って、例の鶴を部下と共に食べてしまった。これなど「惜身命」の境地から、部下の生命を救おうとする、十蔵の心情の一部を反映した挿話と推測されるものの一つである。

しかしながら、十蔵は「惜身命」の境地にひたり切った訳ではなく、いざという時には不惜身命を大いに発揮する。家光が日光社参の折、宇都宮から急に江戸に帰る必要が生じて馳せ帰った折には、馬の轡を取ったまま江戸城まで駆け通した。(17)その時にはもう一人書院番の者が反対の轡を取って供奉したが、その者も大手門で力尽きて倒れてしまった。宇都宮から江戸までは現在のＪＲの距離でも一〇九・五キロあるので、マラソンの四二・一九五キロの二・六倍強に当る。奥州街道にすれば、もっと長くなるだろうが、そのような距離を将軍の駿馬の轡を取って、馬は途中で替えたであろうが、十蔵はそのまま通して走り抜けたというのであるから、それは単なる「不惜身命」の境地だけでできることではなく、身体的にも特別剛健強固でなければできないことであって、世界一の大記録とも称すべき事実であるが、さすがにこれについては『家譜』だけは、「貞清、元和八年四月台徳院殿（秀忠）日光山にまうでさせたまひ、還御にをよびて宇都宮より御駕をいそがせたまふの時歩行にて供奉す」と記していて、馬ではなく、御駕とあるので、駕籠ではなかったかと思われ、その方が無理がなく、将軍にも過重な負担をかけることなく済むので、この記述の方が真実に近いのではないかと推測される。これより先、元和元年の大阪夏の陣の折、十蔵は二〇歳で逼塞の身ながら、老中の許可を得ずして秀忠の後を追い、秀忠の駕に徒歩にて扈従した。この時は『雑記』に「長途懈怠ナク歩行セシニ依テ、足腫レ難儀ナレトモ堪忍シテ勤メ」たりと記録されている。(18)この折の功賞として、『諸家譜』には、「京都に御着のとき御感ありて黄金三枚をたまふ。すでに合戦にをよぶの時、御馬の左右にありて斥候をつとむ。二年正月九日……采地三百石を賜ひ、その、ち御腰物持をつとむ」とあり、『言行録』には、「長途懈怠なく歩行せしに依て、足腫れ難儀なれども、堪忍して勤めたり」と記した後、

「浜松にて名を尋ねられ、頓《やが》て伏見に著ければ、銀子三枚賜ふ。大阪にては、旗本に在り。落城以後八日の夜雨甚し。貞清は永井日向守が小屋に在りしが、心元なく思ひ、秀忠居所の縁の傍に伺候し、席を以て雨を防ぎ居る。秀忠障子を開かれ、夜中に両度まで尋ねらる。貞清両度とも名を申す。帰陣後三百石を賜ふ」とあり、三書に若干の記述の相違は見られるものの、共に「不惜身命」の境地で身命を賭して忠勤を励んだことが知られる。これは一八歳の時、辻忠兵衛の意見で、「惜身命」に目覚めて以降のことであるが、「いざ」という時には十蔵はやはり「惜身命」ではなく、「不惜身命」で命を賭すことを厭わぬ勇者であったことが描かれている。

第七節　島原の乱出陣——武士の一分の「不惜身命」——

島原の乱勃発の報が江戸に届いたのは、寛永一四年一一月八日であった。直ちに老中会議が開かれ、翌九日には三河深溝の一万千八百五十石の領主板倉内膳正重昌、差添えとして千五百石取りの御目付石谷十蔵貞清が任命され、両人は遅滞なく出陣し、衆目からその日頃の用心の程を称賛された。二人が選ばれたのは三河以来の譜代の臣であったことに加えて、その時十蔵が御目付の役職にあったこと、更に十蔵の妻が重昌の養女であったことが二人の協力関係に力を加えるであろうことを慮ってのことと推量される。一二月一日に島原の対岸である肥後の高瀬に到着した。その間二〇日程度である。そこで待ち受けていた九州諸国の大名の家老達の報告によると、二、三千名と聞いていた一揆の人数は三万とのことであったので、九州の諸大名に出陣を令し、五日には島原に着陣した。島原の乱は、島原の領主松倉勝家・重政父子の、士民に対するキリスト教の徹底的弾圧と、年貢取り立ての苛斂誅求《かれんちゅうきゅう》とに耐えかねて、坐して死を待つよりはと立ち上がった島原半島の大多数の農民と、天草諸島の旧小西行長領の浪人や土着民などが合同して旧原城を修復して立籠った者であるから、死を恐れぬ勇猛果敢な集団で、幕府勢の一二月一〇日、二〇日の二回の総攻撃にもよく耐えて、落城させることはできなかった。止むなく兵糧攻めの戦術を取ることにした。ところが一二月二八日に、上使として、老中で川越城主の松平伊豆守信綱と大垣十万石の領主戸田左門氏鉄とを重ねて上使として派遣する旨の書面が届く。これは逆算してみると重昌達が島原に到着する以前に早くも再度の上使が任命されたことになり、江戸を出発している。それというのも、一万千八百五十石取りや、千五百石取りなどの軽量級の上使では、何十万石取りの多い九州諸大名を下知するには力不足と考えた老中連の算段であったのである。

これを見た板倉重昌は、自分達の戦果も見ないうちに上使の上に重ねて上使を派遣するとは、自分達の無能を見通した上の処置と考えざるを得ず、かくなる上は更なる上使の到達以前に落城させることができなければ、武士の面目が立たないと考え、十蔵に上使の到達以前に総攻撃を仕掛けることを提案する。以前の十蔵なら苦もなく同意する所であったが、「惜身命」の境地に達し、城攻めの容易でないこと、多くの死傷者を出すであろうこと、しかも成功の確信の持てないことなどを内心で反芻すると、俄に賛成することはできず、重昌の懇願にも似た提案に肯定の意は示し得なかった。重昌としては城内から、「上使とて身は島原に板倉の、武道の心さらに内膳」（上使として身は島原にあっても、武道の心掛は一向に無い）などというひどい落首を突き付けられて、何としても名誉を回復したいと思う一念で一杯であった。しかしいくら説いても十蔵の賛意は得られず、しばらく論じ合った後、今までの戦法を急に変えるとなるとそう容易ではない、上使の到達には間があるからもう少し熟慮の上で決定したいとの十蔵の提言で、重昌は止むなく一旦陣屋に引きあげる。

しかし二二、三年も前の大阪冬の陣の折、僅か二六歳の若者だった重昌は選ばれて和睦の上使として、起請文を家康一人の名前を書くのみで受け取り、家康の大いに注目する所となり、やがて内膳正に任ぜられた。それで世の人々は重昌の兄である京都所司代の板倉重宗が周防守《すはうのかみ》であるところから、蘇芳《すはう》になぞらへてその名役ぶりを賞賛されていたのに対して、それより更に色が勝っているとの意から、臙脂内膳《えんじないぜん》と讃えた。そんな重昌であるから、上使の上に上使が来て、その配下で戦うなどということは考えられないことであった。上使到達以前に是非とも落城させて面目を保たなければならない。重昌は再度十蔵に迫り、「そのもとが不承知とあれば拠ん処ない。われ等一人にて取りはからひ、そのもとには構へて御迷惑はかけ申さぬ」と言い放ち、副使の同意がなくとも自分一人の責任において城攻めを決行する決意であった。十蔵はそれでも何とか重昌の行動を阻止できればと内心「惜身命」

を貫こうと努力したが、上使がかくまで決意している以上、自分としても心中では戦いたい一心であったが、味方の損害を恐れて、自身の「惜身命」を押し通そうと決心していたのである。ここに至って遂に重昌に従って城攻めを決行することを承知する。一月二、三日頃には上使が到達するとのことであったので、その前一月元旦には、敵もまさか正月に攻めて来ようと思わず油断しているであろうから、元旦の午前六時を期して総攻撃を行うべく手筈を整えた。いざ攻撃を開始すると、敵もさる者、油断などはせず一斉に反撃した。幕府軍が城壁に取りかかろうとすると、敵は矢や鉄砲などの外、大木や大石などを打ち落とし、幕府軍を斥けて寄せ付けなかった。幕府軍はなす術もなく退かざるを得なかった。重昌は先頭に立って、「退くな、攻めよ」と叫び、自らは、堀を渡り、三の丸の塀際まで進んで、馬を下り、鈎槍を塀に引っかけて白刃をかざして真先に登って行った。十蔵も槍半蔵に貰った「不惜身命」の指物をこの時使わずして何時使おうぞと、背に負うて重昌の後に従い、同じく塀を乗り越えて敵陣深く攻め込もうと、必死で塀に取り付いた。しかし幕府軍の振るわぬのに対して敵軍の戦意は高く、塀にしがみついた者もすべて追い払い、遂には上使の重昌も敵弾に当って戦死する破目に立ち至り、副使の十蔵も敵弾によって負傷し、味方の者に担がれて後退せざるを得なかった。このような惨状で、三度目の総攻めも散々の失敗に終った。上使まで失った戦いであったが、さしたる戦果を上げることなく、幕府軍は甚大な死傷者を出して敗退した。上使が討死した以上、副使の十蔵は再上使の到達以前に切腹するであろうと人々は推測した。再度の上使に顔向けはできまいと思ったからである。しかし彼は腹は切らなかった。正月四日に上使が到達すると、十蔵は肩先を白木綿で包んだ姿で浜辺まで出迎えた。そしてその後は滞りなく軍務の引き継ぎを済ませ、今日までの経過を巨細に報告した。それが済むと十蔵は重昌の遺子主水祐《もんどのすけ》の陣屋に居を移し、何くれとなく補佐の役に徹した。主水祐が父の仇討ちなどと無法な戦をするようなことをとどめるためでもあった。以前の十蔵なら潔く腹を切る所であったが、今の十蔵は違っていた。一旦「惜身命」の境地に達した以上、今回の戦闘は上使の一分を立てるためばかりでなく、自身としても何としても落城させねばならぬという、生来の闘争心から発したものであるが、それが失敗に終ってみれば、やはり身命を大切にして、今まで以上の奉公に徹せねば、との「惜身命」の境地に立ち戻り、周囲の思惑や卑下は気にすることなく、新たな上使の下で全力を傾注したのである。

信綱は陣形を変更した上、オランダ船に命じて海上より砲撃させたりしたが、一揆軍に、外国船の力を借りなければ戦えないのかとの落首を送られて恥をかかされた上に、さしたる戦果も挙げ得なかったので、やむなく板倉重昌の採った兵糧攻めの戦法を踏襲せざるを得ず、僅か三万の一揆軍を二〇万の大軍で包囲したまま、相手の食糧の全く尽きるまで待たねばならなかった。敵兵の腹を裂き、草の葉のみとなったのを確認した上で、ようやく二月二八日、総攻撃を決行して落城させることができた。この時の攻撃では、戦闘員の浪人や土民達のみならず、その妻子姉妹や子女幼児に至るまで全員を虐殺した。桑原武夫によれば、この戦闘の死者は、面積当りに換算すると広島における原爆の犠牲者を上廻るとのことであって、いかに凄惨な戦いであったかが推測される。このたびの戦では、十蔵は主水祐に父の仇を報じさせるために、板倉勢を特に第一線に入れるよう取り計らい、主水祐重矩《しげのり》は敵の武者奉行有江入道休意の首級を打ち取ることができた。

落城後、伊豆守は長崎、平戸を廻って四月に小倉に出た。そこで幕府の上使と会して第一次の賞罰を行い、五月上旬には凱旋した。十蔵もそれに相前後して江戸に帰った。島原の領主松平長門守は、国民《くにたみ》を苦しめ、所領内に逆徒を蜂起せしめた罪軽からずとして斬罪に処せられた。小倉では何の咎めも受けなかった十蔵ではあったが、帰来後は、誰に勧められたのでもなく、自ら深く謹慎していたのであったが、評定所に呼び出されて老中から一応の尋問を受けることになった。一月元旦に城攻めをした理由を問われ、「元日は吉日なるに兵を動かし、多数の人命を失ひましたる段、何とも恐れ入りましてござりまする」とだけ答えて平伏した。老中に十蔵を罰する気はなかったので、「その方は城攻めには不同意であつたと聞き及ぶが恐らく左様であつたらうの」と尋ねた。十蔵は一旦同意した以上、その責任はどこまでも負わねばならぬと固く信じていたので、「いいえ、左様のことはござりませぬ。差添へとして罷《まか》り越しながらかやうの失態を仕出かし申し訳ござりませぬ。――内膳殿は冥加にかなひ討死仕《つかまつ》り、御奉公の詮《せん》も相立ちましたが、某《それがし》は生き残りましてかやうな御詮議を蒙り、返す返すも面目ない次第でございます」と答えた。これでは許したくても許しようがなく、老中は評議の結果、武士の罪科のうち最も軽い逼塞《ひっそく》を申し渡した。

十蔵は有難くお受けし、固く門を閉ざし、窓を締め神妙に引き籠り、蟄居《ちつきょ》した。秋とはいえ残暑は厳しく、四方を閉め切った室の中では座っていても汗が流れるくらいであった。だがこれぐらいでは罪業に対して軽過ぎると思い、単に座居しているよりはと、元旦に死傷した四千余人の人々の慰霊のために、その全員の姓名を書き留めることを実行した。初めに討ち死にした人の名を書くことにし、誤字や脱字のないよう気を付けて書くと、一日に百人と書けなかったが、彼には気にならなかった。日時はいくらでもある。書きながら彼は暗然とすることがあった。あの時、もう少し頑張りさえすれば、彼がどこまでも反対すれば少なくともあんな大敗をしないで済んだかもしれない、或いは大名達の評議を開いたら、反対する者が多く出て、総攻めは中止になったかも知れない。——と彼はあり得ないことや、なし得なかったことを心中で反芻しながら書き続けた。彼は自分の力不足であったことを今更ながらに痛感した。「十蔵は筆を擱いて机から顔を上げた。締め切つた部屋の中には眼を楽しませる何物もなかつた。残照が赤々と西の小窓を染めてゐた。彼は汗を拭くとまた筆を執つて書きつゞけた。」という所で戦時中の再訂版は終っており、改訂版における最終行の、「うしろの床の間の、花の生けてない青銅の花瓶の口もとに、いつ飛び込んで来たのか淡褐色の馬追虫が一疋、ぢいつと止まつてゐた。」という一文は省略されている。これは、その前の「十蔵は机から顔を上げたが、部屋の中には眼を楽しませる何物もなかつた」という表現を受けて、背後のものなので眼に入らなかったのだというような単純なことではなく、このような厳粛な場面にそのような雑念を入れることは適わしくないと考えて、有三は省略したのだと解することもできないこともないが、私個人の解する所では、有三の志す一元写実からすると、それに反する描写なので、敢てそのような文言は不必要、或はそれ以上に、あってはならないものと考えて、むしろ有三は積極的に省略したものと考えるが、いかがであろうか。この作品には、十蔵のその後のことについては一切言及されていない。それはこの作品が十蔵の「不惜身命」の境地から「惜身命」の境地への移行を主題としたものであったからであって、十蔵が北町奉行になってから、またその後も浪人の仕官の斡旋をし、世の太平に貢献しようとした十蔵の行為が描かれていないことは誠に残念である。「一元写実」については後に触れる。

このように有三は、この作品においては、多数の人物を登場させ、また多数の相異る場面を描写しなければならなかったので、他の短編小説等におけるが如くには、一元写実のみにて押し通すことはできず、客観描写を多少なりとも取り入れざるを得なかったのであるが、しかしこの作品においても有三は可能な限り、自己の表現法を徹底したいという念を放棄することはなく、そのことは、この最後の一文の省略によって象徴的に具現されていると言って過言ではない。そのように、ここでは有三の表現技法に主眼を置いた見解を開陳して来たのであるが、その作品の内容についても、もう少し贅《ぜい》言《げん》を弄さなければならないであろうが、それについては次のようなエピソードによって代言させて頂くことにしたい。

有三は、身命を惜しまずという生き方から、身命を惜しむという生き方に移る過程をテーマに長く考え、『武功雑記』『野史武臣列伝』『名将言行録』『諸家譜』『翁草』『柳営補任』『徳川禁令考』『天馬異聞』（文明源流叢書第一）『島原天草日記』『嶋原一揆松倉記』等の資料を綿密に調べていた。その頃、たまたま有三の親しい後輩が左翼運動に連座して獄中にあり、精神的疲労のあまり無意識のうちに同志に不利なことを口走るようなことが起こるのを恐れ、自殺をはかった。幸いその目的は達せられず、一命に別条はなかったが、有三はこの有為な青年を死なせないよう、考え直させ、励ましたいという気持に促されてこの小説を書いた。そして作品として成功すると共に、若い命を救うことになり、その青年はその後立派に立ち直って、社会に大きな寄与をしたいということである。[19] 更に太平洋戦争の折、アメリカ軍に捕われた日本人捕虜の命をも救うことになる。昭和二二年一月号の「新潮」に野田光春氏自身が『捕虜の記』にそのことを記している。野田氏がシャトルの病院に収容されていた時、自殺を決意しているらしいのを、アメリカ軍の通訳将校が直感し、『不惜身命』を野田氏のベットの上に置き、「コノブシハシナナカッタガヤハリリッパナブシデアッタ」と書いて彼を励ましたというのである。ここに、個人の名誉にこだわることなく、切腹しないで生き続けた十蔵の生き方は、少なくとも二人の日本人の生命を救ったことになる。それ故という訳ではないが、このことは『不惜身命』の作品としての価値を証明する挿話として充分なものがあるであろう。

以下、『不惜身命』に用いられた表現や漢字の使用について触れる。『ふしゃく　しんみょう』（内題には、『改訂　不惜身命』とある）の創元社版の昭和一七年二月刊行の「再訂版」（昭和一四年七月刊行のものを「改訂版」と称する）には、今井欣三郎氏が「あとがき」を書き、山本有三の「漢字制限」「送り仮名の追加」「音訓の制限」などに言及し、有三は一字が一音一訓くらいまで制限できないだろうかと考えて書いていると指摘している。漢字については、本文に使った漢字数八一七字のうち、

音読だけで使った漢字　三五四
訓読だけで使った漢字　二六一
音訓同様に使った漢字　二〇二（合計　八一七）

であることを明らかにし、初版、改訂版、再訂版の三本での使用漢字数を調査して、

昭和一〇年　改造社発行（単行本『瘤』収録のもの）　漢字数　一三七三
昭和一四年　創元社発行（改訂版）　漢字数　一〇八四
昭和一六年　創元社発行（再訂版）　漢字数　八一七

と記している。略字の使用についても、『新篇　路傍の石』では九九字、この「再訂版」では六七字と、その調査の結果の数字を示している。音読、訓読の割合なども調査したと記されている。

そのあと、「漢字表について」という注記と共に、「『ふしゃくしんみょう』に使った漢字」として、使用漢字を五〇音順に並べ、その下に使用された音読と訓読とを区別して、その読み方のすべて示し、最下段には「注意」として、読み方の微妙な相違などについて注意すべき点を詳細に指摘している。

なお、念のために記せば、筆者の気付いたところによると、有三は「気」の略字として、「再訂版」においては更に画数を少なくした「気」の字を独自に考案して使用している。これはその時まで他の何方《どなた》も使用したことのない誠に特殊なものである。しかしながら、この字の使用もこの「再訂版」のみに限る如くであり、この後の同作品においても、その他の作品においても使用は全く見当らない。

更に筆者が有三の表現法について「一元写実」と記したことについて説明すると、「一元描写」は岩野泡鳴の称《とな》えたものであって、小説中の事件や人物の心理を、作家の主観を移入した一人物の目を通して描写する方法であり、岩野泡鳴自身の表現によると、「人生は人間自身の主観に這入つただけが、真の人生である」というのであり、誠に至言と言うべきである。リアリズムの極地とも称すべきものであろう。筆者の称する「一元写実」というのは、人は現実を認識する時、その五官の働きにより、他人の容姿を認め、その言動等により、或る程度内面的なものも含めて直接に認知することができるが、その人の感情——心理や意志や思惟等の内面的な大部分のものについては、脳の働きによって推量するほかはない。そしてそれによって知り得たと思われるもの以外を知ることはできないし、しかもその知り得たと感ずるものも、正確とは断じ得ず、間違っている方が多いかも知れないし、正しいとしてもその正確度は極めてあやふやであり、しかもそれは全体に及ぶものではなく、極く一部に限られるものである。そう考える時、泡鳴の一元描写は少し窮屈ではあるが、極めて現実的である。作家は作品を書く時、登場人物を外面から見える限りを書くのではなく、その心中に立ち入って書かねばならない。従って多数の人物の登場する作品の場合、その都度その人物の内心に立ち入ることはできない。一人の人物に立ち入ることによって、作者はその人物に自分自身の心境や思惟を、その人物のものとして詳細に記述することはできるであろう。そして、その際にはフィクションを交えることも不可能ではない。しかしその他の人物の場合には、作者の分身として作者の心境や思惟の一部を投影させることはできても、その他は推測によって、かくもあろうかと想像して創作する以外にはないのであって、真の意味で書き得るのは、作中の一人物の目を通したもののみであるという泡鳴の論は極めて当を得たものである。泡鳴の場合、『耽溺』など、主人公は僕であり、即ち作者自身である。従ってその入り込む内部は自分自身であるから、他人の内部に入り込むような困難もしくは不可能性は全くなく自由に表現することができる。勿論作者自身の内面のすべてをということはあり得ないし、そこにフィクションの入り込む余地は充分あり得るし、また作者の都合のよいように操作するということもあり得る。しかしながら殆ど全く判らぬ他人の内部に入り込むのとは異って、その表現は容易であると思われる。それに対して有三の「一元写実」というのは、主人公＝作者記述者ではなく、一応作者ではない主人公を設定し、しかしながらその主人公は作者記述者に限りなく近い存在であり、その意味では泡鳴の一元描写に近いものであるが、作者を直接主人公としない所に一クッションを置くものであって、そこが泡鳴の「一元描写」と若干異るところであり、一元描写ではあるが、作者（記述者）が主人公とはならず、他に主人公を立て、その主人公を通して視た見聞推測をそのまま記述するという技法であり、主人公と作者の間には間然する所がない。そこに自由度があって、作者自身と思われるような人物ばかりでなく、どのような人物をも主人公として、その内面に立ち入って描くことができるという点が違い、その点が「一元描写」とは若干異なるのであって、「一元写実」と称する所以である。

以上見て来たように、この作品は作者山本有三が、石谷十蔵の「不惜身命」の境地を描き出すために、史実を忠実有効に使用する一方、史実を曲げて他人の言行を十蔵のものとするほか、その間に巧みに作者のフィクションを捜入することによって、その人物像を一層引き立てる工夫を随所に施しているばかりでなく、同時にまた、「惜身命」の境地に至る過程についても、その間に多くの史実を利用すると共に、それ以上に他人の言行を更に他の人物の言行の如くに変容することによって、それを無理なく表現しようとしていて、その操作には極めて巧みなものがある。従って、その「不惜身命」から「惜身命」への十蔵の心境の推移の過程は無理なく自然に描かれていると言える。またその一方、技法的には、作者が主人公の中に入り込んで、その目を通して一切を表現するという、有三の各作品に共通する有三流一元写実は『不惜身命』においてのみ必ずしも完全に行われているとは言えない場合がないではないが、それは作品の性質から生ずるものであって、多人物が登場し、多場面が展開するこのような作品にあっては、客観描写的なものを取り入れざるを得ない場合がある。しかしながら有三はできるだけそれを避けようとして、作品の最終場面に見られるように、客観描写と見られるような表現は作者自ら意図的に削除していること等によっても、彼の自己の技法に対する姿勢は一貫したものがあるのであって、その間に変化は全くないものと見るのが妥当であろう。これは最後の作品『無事の人』に見られるような、有三独特の内的独白的手法にも移行するものであり、その改良的一元写実と、改変的内的独白の技法は有三が自覚して採用したものと解され、有三の中短編小説作品のすべてに共通して使用されている。

注

(1) 以下、引用文献については、カッコ内に記した如く略称を用いることにする。
(2) (19) 高橋健二「山本有三集」解説（『日本近代文学大系41』昭和四八年八月、角川書店）
(3) 『野史』巻五六、武将列伝第二二、台徳公（将軍秀忠）の項に次の記事がある。「(元和) 四年十一月、公狩二千越谷、東金一」。
(4) 江戸時代に士分および僧侶に対して科した閏刑（正則以外の刑罰で、逼塞・閉門・蟄居・改易・切腹・晒・剃髪・叱・過料・手鎖などがあった）の一つで、門を閉ざして白昼の出入は許さないもの。閉門より軽く、夜間の外出等は許された。五〇日、三〇日の二種類があった。
(5) 『雑記』、『言行録』の記事には、この作品における表現以上の詳細な記述あり。
(6) 「伏見」という地名については諸説あり。駿府（『野史』『石谷家伝』）、浜松（『言行録』）、京師（『諸家譜』）など。
(7) 『諸家譜』、『雑記』、『言行録』、『野史』、等には大阪夏の陣に従軍した折のことはこの作品に記述された以上に詳細な記事がある。

（8）『雑記』、『言行録』巻之六九

（9）家光公が中村市右衛門の槍を御覧になるのに、そのお相手として仰せつかったのが、この作品では石谷十蔵となっているが、『言行録』巻之六八、柳生宗矩の項では、高橋左近となっている。ただし、『翁草』巻之二「故諺記」の「南都宝蔵院弟子槍仕合の事」の条によれば、中村市右衛門の仕合の相手は岡田淡路守ということになっている。

（10）渡辺半蔵の指物に「不惜身命」の四文字が書かれていたことについての出典を見出すことはできない。『諸家譜』巻第四七七渡辺守綱の条に、「大閤他界ののち伏見をよび大阪にをはしますのとき、常に御傍に勤仕し、黄西湖の茶壺をたまふ。こののち仰によりて手桶のかたちを染めだしたる指物をもちふ」とあり。

（11）馬や駕籠に乗ったままで貴人の前を通り過ぎること。

（12）以上は『野史』巻一百九十一に、正保二年冬のこととし、『渋家手録』、『武林隠見録』より引用として記述あり。

（13）『言行録』巻之六十九には注（12）の引用に引き続く記事については、老中堀田正盛よりの伝聞によるものであることを記して述べている。

（14）「徒士頭」は江戸幕府の職名。諸大名の徒士組の長。『柳営補任』によると、「与頭二人、平御徒三十人。無袖羽織猩々緋金軍配団之内黒紋、元御役料五百俵、天和戊四月廿一日御役料地方直御加増、享保八卯六月十八日ヨリ千石高定ル」とある。同書によると石谷十蔵が徒士頭をしていたのは、寛永九年七月五日（御徒頭七番組）より同一一年四月一六日御目付になるまで。

(15) 鶴の捕獲の禁止については、この作品の背景となっている元和・寛永（一六一五―四三）年代における禁令は明らかでないが、それからしばらく後の、寛文七年（一六六七）九月二七日の「鷹匠頭への申渡条目」の一項には、次のように規定されている。（『徳川禁令考』前集第二、「鷹匠頭へ申渡条目」）

一、鶴白鳥菱喰鷹之類、鴨之類、青鷺白鷺へら鷺五位鷺水礼梅首鶏川鳥鶉雲雀等、一切取べからず、此外鶴鳥鴇ハ四月より七月晦日迄可取之事、

(16) 注(15)の後、半世紀、享保三年（一七一八）、及び享保五年には次のような禁令が発せられている。『徳川禁令考』前集第三「◎鳥殺生御禁制之儀中絶致シ鳥無之ニ付取扱方之御書付」の一項目に、次の如く記されている。

一、鶴白鳥菱喰鷹鴨なま鳥塩鳥共に、三ヶ年之内ハ、献上候儀無用に可仕候、此外之鳥上ヶ来候ハ、くるしからざる事、但、初鶴菱喰ハ献上可仕候事、

(17) この事実については、次の諸書に記事が見られる。『言行録』巻之六十九　石谷貞清、『野史』巻一百九十一　石谷貞清、『諸家譜』巻第八百九十一。

(18)『諸家譜』巻第八百九十一、『野史』巻一百九十一、『言行録』巻之六十九

付記　岩野泡鳴の「一元描写」と山本有三の「一元写実」との相違

岩野泡鳴は「一元描写とは？」（大正八年）で言う。「小説に於ける一元描写は、世界の小説をも根本から新しい行き方に改める説である。一元描写は、作中に取扱つた世界を、その世界にたづさはる

諸人物の一人から見て行くのである。その一人はその作の主人公だがつまり主人公の内部から見たその世界が、作の材料でもあり内容でもある訳だ。だから主人公は自分の心持並びにその心持に関連して来る事柄丈けを分つてゐるが、主人公以外の人物の事は、主人公がその人物の言葉なり、こなしなり、表情なりによつて判断若しくは想像するより仕方がない。さういう考で作者はその主人公の世界を書いて行く、これが一元描写の肝腎な要点である。一元描写の小説と、然らざる小説を読み比べれば、必ず作の深みに於て相違がある事を発見するだらう。詳しく云へば非一元的の作は表面描写にとどまつてゐるが、一元描写は内面描写である。それからこの議論若しくは行き方を、劇の方へ持つて行つたらどうだ？　といふに、劇には地の文句がないから小説と同じ訳には行かんが、矢張り一元的で行く事が出来る。小説なら作中人物の実際に、直接に見ない事、聞かない事は、誰かから云つて聞かされた事にして了ふ事が容易だが、劇では事件としてあらはれて来た時に、初めて知らなかつた事も、主人公が気付くのである。その気付いた時に先の知らなかつた事が、主人公の生活に忽ち取り入れられる訳だから、さういふ方で一元的に持つて行く事が出来る。そして、さういふやうな事件が抱擁されてれば、それ丈けその作は深みを増してゐるのである。」山本有三は劇作家として出発しているので、一元的描写は最初から心得ていたため、比較的容易に自家薬籠中のものとすることができた。従ってこれを小説に適用するにも困難はなかった。ただし泡鳴と有三の異る点は、泡鳴が主人公自身が記述する形をとるが、有三は主人公の感覚思惟を写実している。その点が大きな相違である。

第六章　山本有三の中短編小説の題材と技法と改訂

『兄弟』は、一一歳の兄と、二、三歳違いくらいの、「真ちゃん」と呼ばれる弟の二人で、茸山へ茸狩りに行く。茸は自然に生えるものであって、山に持主がいて、その人の所有物であることなど全く知らない二人は、無邪気に初茸を見つけては夢中になって採って歩いていた。弟が木の根に躓いて、ころがり落ちるなどのハプニングがあるが、これも兄が助けてやり、体に付いた泥を拭いてやったりしていると、突然山番が現れ、兄の持っていた茸入れの帽子をふんだくると、「太い野郎だ」と兄の横っ面を殴りつけた。すると兄は泣かなかったが、弟の方が大声を上げて泣き出す。山番は茸を自分のざるに入れ、空になった帽子を投げ出して、「また這入つて来ると承知しねえぞ」と捨て科白を残して立ち去る。泣いていた弟が兄の帽子を拾って手渡そうとすると、兄は突然弟を殴り付けた。そして二人でしばらく一緒に泣いていたが、弟が兄に向って「兄さん、勘弁してね」と謝るのを機会に二人は機嫌を直し、兄は弟の手を取って家路につくという、幼い兄弟の肉親愛を山番を登場させることによってより親密に描き出そうとしている。

この場合、主人公は兄であって、兄の視点からすべてが写される。それ故、この作品は兄による一元描写と目されるものであるが、兄自身が記述者ではなく、作者は別にいる。作者が、幼い兄弟がこのような状況下に置かれた場合、どのように反応するかを考え、それを兄の視点のみに絞って描いたものであり、一元描写に作者の主観を注入することなく描いたものであるから、いわば一元写実と称してよいものであろう。この描写論については後に一括して述べるのでここでは省略する。

この作品で只一個所、一元描写と考えられず、客観描写と見られる所がある。それは、兄を描いた場面で、「彼はまだ十一の少年だけれど、弟に対するときは流石《さすが》に兄らしい落ちつきといたはりがあつた。」という個所である。これは明らかに説明文であり、客観描写であって、一元写実には入らぬものである。しかしこの一句を入れなければ、この幼い兄弟がどの程度の年齢であるかを分明にすることができないので、止むを得ぬ処置と考えられる。

『**子役**』は、永介と称する主人公が、自分の書いた現代劇が上演されることになり、その中の子役に下廻りの旧派役者扇之丞の子、扇芝が当てられることになった。永介は自分の処女作に旧派の子役などが当てられるのは困ると監督の福住に抗議するが、経済的に止むを得ないと説得されて承知するが、福住がろくに稽古もつけてくれないので、止むなく自分で抜き稽古をする破目になる。その日の稽古で大分旧派調の科白を脱して普通の口調で喋れるようになったと思うと、翌日にはすぐまた旧派調の口調になってしまう。その日一日がかりで訂正させて戻ったと思うと、また翌日には旧派調に逆戻りしてしまう。そういうことを何度か繰り返し、困り果てて福住に相談すると、ひょっとすると父親が家で稽古を付けているのかも知れぬと言う。そこで呼び出して問い質すと、やはりそうだと言う。そこで止めさせることにしてその件は落着するが、惣《そう》ざらいの当日になると扇芝が来ない。子役がいなくては芝居にならないので、舞台監督の福住は使を出して迎えにやる。使いの者の電話では、子供は家の前でコマを廻して遊んでいるが、聞くと父親が行ってはいけないと言うので行かないのだと言い、父親に質すと、今度だけは是非休ませて頂きたいとの口上との報告であった。福住は激怒してすぐ父親を同道するよう命ずる。福住の前に現れた父親は、福住が予想していたような給料を上げさせるための手段などではなく、子供がそうでなくても反抗期なのに、ひねくれた子供の役を毎日仕込まれて、ますます手の付けられないようなひねくれた子になりそうなので、これから惣稽古、本稽古、本番七日と続けられてはどうなるか分らないので、今度だけは何としても休ませて頂きたいと言う。福住も、父親が子供のことを思っての頼みだということは理解できたが、今となっては代役を立てることはできない。そこで何としても説得すべく、扇之丞の師匠でもあり座頭である扇車に助力を頼み、三人で話し合い、ようやく納得させることができた。

この場面には永介は介在していないので、その状況は後で福住に聞いたとしても、その細部は永介には判らない筈である。従ってこの部分は永介による一元写実からは外れることになるが、その翌日の舞台稽古には永介も立ち合い、子供の演技に不足を言うが、福住になだめながらも満足しない、という所でこの作品は終わっている。『子役』と題してはいるが、この作品の主人公はこの作品の中で演じられる劇の作者である永介であり、永介の視点を通した一元写実である。特にこの作品の場合は、永介という主人公はこの作品の作家である山本有三自身に極めて近い存在であるから、他の作品のように主人公が有三自身からは遠いような作品に比べると、その一元写実の度合は一段低いと言える。題名は『子役』であるが、子役は主人公ではなく、むしろ父親の扇之丞と見るべく、その父子愛をめぐって、永介と福住の三人が三つ巴を演じているように思われる。しかしながら、その視点は永介のものであり、従って永介の五官を通しての表現であって、しかも永介はこの作品の作者（記述者）に極めて近い存在である以上、やはり真の主人公は永介とすべきものである。永介の子役の演技指導を通して、親の扇之丞が動かされ、それによって監督の怒りを買うことになるが、監督の言葉にも従わないので、止むなく座頭の力をも借りてやっと説得させ得るということになっていて、永介は客観的には被害者の立場に立つことになる。扇之丞も親として子を思う情から、折角の自分の子の子役としての抜擢をふいにしてまで、子供の性格をゆがめるようなことは止めさせようとする親心を発揮するし、監督は親の心を知りながらも立場上強行せざるを得ないし、座頭も事情を知っても監督に協力せざるを得ない三者の心情の起伏がよく描かれたものになっている。

『**チョコレート**』は、就職難の時代に、主人公の圭一は大学の同級生が就職しようとした所を、コネによって自分がその職を奪って入社することになったことを知って、自分が身を引くことによって友人を就職させようとした、就職をめぐる友情の物語であるが、それを主人公一人の視点を通して表現している所に、これまた一元写実で通している作品であることが知られる。結局は主人公の思惑ははずれ、自分の就職が駄目になるばかりでなく、友人も就職できないという、二兎を失うような結果になるが、それも社会の冷厳な現実を知らない、ぼっちゃん育ちの主人公の一人相撲であって、その大会社の自己都合により採用を断念させられたものであり、その事実は、コネによってしか覆すことのできないものであることを認識できない、青臭い青年知識人の無智を示すものになっているが、その青年の善意はしかし汲んでやるのに余りあるものがある。就職をめぐる友情が、現実社会の冷厳さを殆ど理解できない若者の力によっては、大会社の冷徹さを打破することが不可能な状況がよく描き出された優れた作品になっていると言えよう。改訂については本論に示した通りである。

『瘤』は、有三には珍しく、現代的なテーマ、労使の問題を側面から扱った作品であって、当時の批評家の間に大きな反響を呼んだ。主人公の専吉は、呉服屋の小僧を二十年余り勤めた後、やっと独立して小店を構えることができるが、それも不景気のせいで三年ともたないで店を締めなければならなかった。その後は糊口を凌ぐために道路工事の人夫になってもっこ担ぎをしたこともあった。或る勘定の日、親方から贋札を掴まされ、取り換えてくれと頼みに行くと、贋札を渡した覚えはないと横っ面を張り倒され、他の仲間からは「太い野郎だ」と、ぽかぽか殴られて大きな瘤を作って放り出された経験もあって、仲間を信用できなくなっている。今度やっとありついた小使の役も、この不景気では有難く思わなければならないと、真面目に働く正直な小心者である。この会社でも便所掃除のような汚い仕事は先輩仲間から新米の自分に押しつけられてこき使われている。過去に僅かな期間ではあったが、自分の店を持ったことのある専吉にはそれなりの小さなプライドはあるものの、他に職はないので、うだつのあがらないみじめな日々を送っている。そこで有三は専吉の生活に少しは潤いを与えるために、専吉に架空の株の売買をすることに楽しみを見いださせている。暗いムードの中にあって唯一の明るさを与える役割を果たしている。

そんな或る日、専吉が古材木担ぎをしていた時、社内の道路で交通事故が起こる。前を古材木を担いでいた源作が、手押ラッパを鳴らしながら入って来た自動車に押し倒され、腕の骨折と肋骨二本骨折という負傷で入院する。担いでいた材木で打った方が大きかったとの診断であった。これについて、専吉は三四間離れた所にいて、しかも下を向いて歩いていたので、事故の瞬間は目撃していない。ガシンと音がしたので、やっと事故に気付き、走り寄って見ると源作が倒れているのが見えたが、間もなく人々に担がれて病院へ行ってしまったので、その状況は全く把握できなかった。会社の課長に呼ばれて訊かれるが、そう答えるよりなかった。労働者仲間の者達は同じ労働者なのだから仲間に有利な発言をするように迫るが、彼は同じように、見ていないものは見ていないので、嘘の証言をすることは断る。すると仲間達は家まで押しかけて来て、何とかして専吉に労働者に有利な発言をするよう、依頼とも脅迫とも取れるような態度を示す。しかし、専吉は見ていないのは本当で、嘘を言っているのではないので、それ以上のことは言えないと言って帰す。全治三週間以内との診断で、会社では治療費と五十円の見舞金を出すということであったが、負傷者の倅《せがれ》と仲間達は会社を訴えるということで、少しでも有利な証言を得たいと、専吉に迫ったのであったが、専吉は嘘は言えないと頑固に断る。専吉は小心で正直に辛抱強く生きるが、自分の位置について自覚を持っていない。自分の狭い経験だけで割り切って、それを是とする。眼前の可視的なものにとらわれて、皮相な結論を出してしまう。その結果、最後にはまた仲間達に襲われ、殴られて瘤をこしらえる。同情には値するが、いささか道化じみた感じを与える。だが、世の中には専吉のような人間はたくさんいる。「お前もそうだが、俺もそうだ」というのは、当時の評者の一人の言である。このように、この作品は、発表当時、有三の他の作品とは異なって、多くの評者の目を引き、多数の論評や褒貶の反響を呼んだものであって、そのことは『日本近代文学大系』の「山本有三集」で指摘した所でもあるので、関心のある方は参照されたい。

この作品は、主人公専吉の視点を通した一元写実ではあるが、決して有三までが専吉に満腔の賛意を表しているわけではない。有三は世間によくあるそうした間の悪い気の毒な男をあるがままに描いているのであって、専吉は同情に値する人間ではあるけれども、作者はその生き方を是認している訳ではない。従ってこの作品は一元写実ではあるが、作者がそれを全面的に肯定するようなものにまではなっていないと言えよう。労使問題を正面からではなく、側面から捉えた作品としてユニークなもので、諷刺性を備えた優れた作品になっている。

『不惜身命』は、石谷十蔵を主人公として、彼の若年期の無鉄砲で命知らずの「不惜身命」の境地から、人に諌められて「惜身命」の境地に至るまでを、小姓時代から島原の乱以後に至るまでを背景として、幾多の史実やエピソードを用いて描き出した歴史小説である。将軍猪狩りの折に横から飛び出して猪の鼻を切り落して仕止めたこと、鷹狩りの折、将軍の仕止めた鶴が池の中に落ち、舟が無くて捕えることのできなかったのを、薄氷の張った池の中に飛び込んで、獲物と鷹二羽とを救って、将軍の侍臣に渡し逼塞の身であったから、そのまま立ち去ったこと、剣術無双者と称する武辺者と真剣で勝負して打ち殺してしまうこと、それが評判となり、宝蔵院流の槍の名手中村市右衛門との試合の相手に選ばれ、真槍でと申し出て断わられ、勝つことは不可能と知るや、相打ち覚悟で相手の臍《ほぞ》に槍先を付けて動かず、相手もそれを感じ取り、動くことができず、睨み合い小半時、遂に引き分けに持ち込み、これを聞いた槍半蔵から賞賛され、「不惜身命」の指物を貰い、それからは「不惜身命」の指物を背に負った気持ちで闊歩する。これを聞いた柳生宗矩に「あの男はまだ分つてゐない」と言われて、柳生家へ乗り込む。宗矩は栗を焼いていて、その栗が跳ねるのを十蔵は素手でつかむ。宗矩は、それが栗だからよかったものの、もし鉄砲弾だったらどうなさると聞く。そして、「不惜身命」も結構だが、それも時によりけりだと言い、普段は命を惜しみ、いざという時にこそ、「不惜身命」を発揮すべきではないかと諭され、それ以後は一転して「惜身命」の境地に至り、馬の横を通る時でさえ遠廻りする程になったという。

家光の代になり、麻生に狩をした帰途、将軍の行列の前を乗り打ちした者があった。将軍の「斬り捨てい」の命で十蔵が駆けつけ、馬上の者を引きずり落としたが、相手もさる者十蔵に組みついて、取っ組合いになった。相手は強く十蔵も手を焼くが、やっとのことで組み伏せ、将軍に手前力不足でとんだ手間を取り申し訳ございませんと謝ると、家光は時にとっての一興と、十蔵が乗り打ち者を斬らなかったことを咎めなかったばかりか、翌日には褒賞を賜った。更に老中からも賞賛された。また、徒士頭をしていた時、組下の者の庭に鶴が下りたのを、下男が斧を放って殺してしまったことを聞き、「天から鶴が落ちてきましたか、それは頓死ぢや」と皆に言わせ、自ら老中に鶴の頓死の報告に赴くと、老中も頓死なら止むを得ぬと死んだ鶴を十蔵に与える。当時鶴は禁鳥だったので、死罪にもなりかねない者を救い、今回の件で心労を煩わせた者達を呼び集めて鶴の吸物を振る舞い、事を難なく収めてしまった。だが、家光日光社参の折、宇都宮から江戸まで馳せ帰る必要が生じた時などには、十蔵は将軍の乗馬ないし駕籠に添従して江戸まで駆け通したというような「不惜身命」ぶりも発揮する。その後、十蔵は累進して目付となり、千五百石を領する程になる。

寛永一四年一一月八日、島原に一揆が起こったとの報が届き、翌九日に十蔵は上使板倉内膳正重昌の差添えに任命されて島原に出立する。二三千と聞いていた一揆の人数は三万余と判明する。直ちに九州の諸大名に命じて三万余の兵で原城を包囲する。そして一二月一〇日と二〇日の二回総攻撃を行うが落城しない。そこで止むなく兵糧攻めにすることにし、敵の兵糧の尽きるのを待つ。ところが暮の二八日に江戸から奉書が届き、松平信綱と戸田左門を上使として派遣するとあった。再度の上使である。自分達では解決できないであろうと判断した老中の策略であることを知った板倉重昌は、十蔵に是非とも再度の上使の到着以前に落城させねば面目が立たぬと、最後の総攻撃を迫るが、又も多くの戦死傷者を出すことを恐れ、重昌の言に同意しない。重昌は十蔵が同意してくれないなら、すべて自己の責任で決行すると言う。そう言われれば内心自らも心中では望む所と考えていた十蔵は、「惜身命」から「不惜身命」に一転して、一月元旦の総攻撃に同意して敢行する。しかし敵の攻撃は鋭く遂に上使板倉重昌は戦死、十蔵も負傷して、この度の攻撃も失敗に帰する。十蔵は責任を取って切腹することなく、上使の到着を待って引き継ぎを済ませると、板倉重昌の子板倉主水祐《もんどのすけ》の補佐に任じた。

再度の上使は、オランダ船を廻航させて砲撃を加えるなどの作戦を採るが成功せず、やはり板倉重昌の行った兵糧攻めの戦法を踏襲せざるを得なかった。待つこと二カ月足らず、敵の兵糧の尽きたことを知って二月二八日に総攻撃を行ない、城中の将兵はもとより城内にいた老若男女子供幼児に至るまで全員を虐殺して、ようやく平定した。戦後の論功行賞では十蔵は咎めを受けなかったが、江戸に帰った後は、老中は故意に十蔵を咎めようとしなかったが、十蔵は自ら望んで責任を取ろうとして、逼塞の罰を受け、自らは閉門同様に厳格に蟄居した。何もすることはないので、元旦に死傷した四千余人の人々の名前を書き留めようと、毎日机に向い、まるで写経のように丁寧に間違いなく書き進めた、という所でこの作品は終る。以下、この作品の内容とは異なるが、島原の乱鎮定後の島原半島南部は、一部を除いて殆ど無人状態になってしまったため、幕府は諸大名に命じて割り当て、領民を移住させねばならなかった。それ程にこの乱による虐殺の甚しかったことを知り得る。この移住によって小豆島から伝えられた素麵《そうめん》は、今でも島原の名物になっているくらいであるから、他地方から伝えられた風俗や習慣などでこの地方に根付いたものも多くあったであろうし、また逆に同化してしまったものもあろう。その実態調査は既に行われたことと思われるが、もしまだだとしたら、これを行うことによって、この乱によってこの地方がどのような影響を受けたかの実態を今になっても知ることができよう。

この作品もまた十蔵の視点を通した一元写実であるが、歴史小説という制約もあって、他人を描いたり、状況を描いたりする場面では、客観描写をせざるを得ない場合もあって、必ずしも全面的な一元写実とは言えないが、有三には、できるだけ一元写実に徹しようとの意欲が見られ、全般的に一元写実とも称すべきものが主流を占めている。

有三は改版の度に、作品に改訂を加えているが、それはどの作品も同様であって、その一部については先にも指摘した通りであるが、特に甚だしいのはこの『不惜身命』であって、いかに夥《おびただ》しいものであるかは、角川書店『日本近代文学大系41、山本有三集』において筆者が隅なく調査した結果を示しているので、参照して頂ければ判明すると思う。なお有三の改訂の甚だしさの極致を示すものとして、他の作家では絶対に行われないようなこととして、作品の登場人物名の変更がある。『不惜身命』は歴史小説であるからそれは不可能であるが、それでも行跡の行為者の名前を変更するなどの操作は行っているのである。他の作品においては登場人物の全人名が初出に比べるとすべて変更されているというように、他に比類を見ない改訂ぶりである。これは極めて珍しい現象である。このことは他においても指摘した通りであるが、中短編小説に限って言えば、『兄弟』を除いては、『子役』も『チョコレート』も『瘤』もすべて主人公名が或る時期において変更されている。ただし戦後の『無事の人』のみに限っては改訂の余裕がなかったのか、唯一改訂されていない。このように人名までをも改訂するくらいであるから、有三の場合、地の文や会話、その他の表現で改訂されていない版はないくらいであって、有三は肩の凝り性でもあったと言われているが、それに倣って言えば、有三は改訂の凝り性でもあったと言えよう。

『不惜身命』並びに『瘤』についての本文の改訂や使用漢字の減少、その言い替えなど、有三の改訂の跡は、『日本近代文学大系』の「山本有三集」の注釈及び補注において巨細に亘り指摘した通りである。

付　記　一元描写的写実について

「一元的描写」というのは、岩野泡鳴の唱えた描写論である。これは田山花袋の「平面的描写論」に対抗するもので、ここではその両者を対比するために、先ず花袋の「平面的描写」について、説明の便宜上、吉田精一氏の要約に従って説明する。吉田氏は言う。

平面描写とは一口でいへば、いさゝかの主観を交へず、たゞ客観の材料を材料として書くことであり、客観の事象に対してもその内部に立入らず見たまゝ、聴いたまゝ、触れたまゝの現象をさながらに書いて、解剖を加へない。さうすればそれは印象的になる。事象そのものだけで読者を感じさせるのが平面描写である。これが「真」に近づく所以であり、又事象本来の内面的意義も完全に近く包蔵されるといふものである。（「花袋文学の本質」昭和三十年九月「明治大正文学研究」）

この平面描写論に対して、「客観描写」と「印象描写」は全然反対の概念であるとしてその矛盾をとがめたのが夏目漱石であり、内面描写を重視する立場から反対したのが岩野泡鳴であって、彼はその初期の作品『耽溺』あたりから「一元描写」を実行している。彼の考えは、

一体、人間は人生を傍観（平面視や鳥瞰視もそれだと）しただけで人生の内容が攫《つか》めるものではない。人生は人間自身の主観に這入つてこそ、そして這入つただけが、真の人生である。自分の主観を鏡の如くすると云ふのも直喩に過ぎないことで、若し実際に鏡と同じものであつたら、自分は神であつたらう。然らざれば、その主観はがらすで出来てただらう。また、冷静を貴ぶと

云つても、それは程度のあることで、その度を越えれば生きた人間の主観ではなくならう。人間は知情意の無差別燃焼体である。その燃焼力、乃ち、充実緊張が少しでもゆるんでる時にでも、それが為めに分離に傾くところの知なり、情なり、意なりが不具的にだが働いて、その場の色を自分の主観に塗りこくつてるものだ。して見ると、人間はその本体の若しくはその特別な場合の色ある主観を経ないでは人生なり他人なりを見ることができないのである。

自分以外に甲その他のものがゐることさへも自分が知つてる範囲だから確めてゐられるのだ。その範囲を越えて甲なり乙なりがゐると思ふのは、空想でなければ僭越《せんえつ》である。まして甲その他の心持ちに至つては、甲その他が実際にこれを分つてるやうには、こちらの自分には分らないのだから、自分は見たり聴いたり現実的な想像をめぐらしたりして分るだけのことしか自分の世界に入れることはできない。（中略）

そこで、この人生論を背景として、自分が創作者である場合を考へて見る。作者は自分が自分を分つてるやうには他人を分つてゐないものだ。従つて、如何に客観すると云つても、如何に冷静に傍観すると云っても、他人の心持ちの全部（この場合、既成的なのを云ふ）は書けない。これは作者が男であつて女に対する場合でも、大人として子供に向つても、また人間として他の動物に対しても、同じく云へる。書けるのは自分の色に合した範囲内のことだ。此制限をはツきり確定してゐないから、創作界に曖昧《あいまい》不熟の描写や描写論が飛び出すのであるが、（中略）自分の

郵便はがき

料金受取人払郵便

天王寺支店
承認
713

差出有効期間
平成25年2月
1日まで

（切手不要）

ただし有効期限が過ぎましたら切手を貼ってください。

5438790

〈受取人〉

大阪市天王寺区
上之宮町七―六

大阪
和泉書院
行

このハガキを、小社へのご意見またはご注文にご利用下さい。

お買上書名	

＊本書に関するご感想をお知らせ下さい。

＊出版を希望するテーマをお知らせ下さい。

今後出版情報のＤＭを　希望する・希望しない

お買上書店名	区市町	書店

ご注文書

月　　日

書　　名	定　価	部　数
	円	部
	円	部
	円	部
	円	部
	円	部

お名前《ふりがな》

〒□□□-□□□□　　電話

ご住所

ご職業　　所属学会等

メールアドレス

公費・私費	ご必要な公文書(公費の際はご記入下さい)	公文書の宛名
(直接注文の際はお知らせ下さい)	見積書□通　納品書□通 請求書□通　日付 要・不要	

(このハガキにてご提供の個人情報は、商品の発送に付随する業務・出版情報のご案内・出版企画に関わるご連絡以外には使用いたしません。)

配本は、AかBに○印をつけて下さい。

A. 下記書店へ配本。(このご注文書を書店にお渡し下さい)

(書店・取次帖合印)

書店様へ=書店帖合印を捺印の上ご投函下さい。

B. 直接送本。

代金(書籍代+送料・手数料)は、現品と引換えにお支払下さい。送料・手数料は、書籍代定価合計5,000円未満800円、5,000円以上無料です。

和泉書院

http://www.izumipb.co.jp

E-mail : izumisyo@silver.ocn.ne.jp

☎ 06(6771)1467　FAX 06(6771)1508

主観を成るべく偏狭でなく必然の制限までに大きくしながら、甲なら甲、乙なら乙に移し入れて、其者の気持ちになるのである。これは平面論者、平面描写家でも知つてることだが、いよ〳〵さうなれば、作者と作中人物との関係が一層深く、従つて狭くなつて、甲でなければ乙、乙でなくば丙の気持ちしかその範囲内では実際に分らないのである。丁度人生に於ける自分が他人を分らないのと同じで、甲となれば乙が、乙となれば丙が分らない。ここに感づいてるものは、――外国でも、我国でも――僕のほかには、また僕のこの説をよく嚙み砕いてるものを除いては、殆どゐないのだ。

（岩野泡鳴『現代将来の小説的発想を一新すべき僕の描写論』中の「第二節　真の人生観と唯一の態度」「新潮」大正七年十月）

というのであって、彼はこれを「内部的写実主義」とも称していて、この立場に立つのが「一元描写」であると言う。確かに実人生を捕えられるのは泡鳴のこの「一元的描写」が唯一適確最良のものであろう。しかしながら筆者がこれを敢えて「一元写実」としたのは、作者が作中の一人物の中に入り込むのではなく、作中の一人物の把握した全体を、記述者としての作者が、決して客観的ではなく、そのままに記述しようとするものだからである。

『兄弟』なら兄の視点から見たもののみを、『子役』なら永介の捉えたもののみを、『チョコレート』なら圭一の捉えたもののみを、『瘤』なら専吉の視点から捉えられたもののみを、作者がそのままに記述するからである。泡鳴においては、『耽溺』における「僕」というような一人称、『泡鳴五部作』においては「義雄」という人物が一貫して主人公となっていて、その人物は限りなく作者である泡鳴に近い人物である。というよりは作者その人であると言っていいであろう。泡鳴の場合、短編その他には必ずしも作者その人でなく、他人が主人公になっている場合もあるが、多くの場合、主人公＝作者というような関係のものが多く、後の私小説につながる要素が強い。それに対して有三の場合はすべて他者が主人公であり、作者との関係は極めて薄い。『兄弟』の兄は一一歳の少年、『子役』の場合のみ、作者その人を思わせる人物が描かれるが、『チョコレート』における圭一、『瘤』における専吉など、作者とは遠い存在である。有三もまた幼年時代を経験しているし、『子役』における永介は作者の経験そのものを写しているような場合もあるが、『瘤』の専吉のような境遇は殆ど全く経験したことのないものである。それをすべて作中人物の一人に託して、それぞれの人物が一つの小世界を形成するように作者は意図し、作品として完成している。この点が泡鳴の一元描写に対して、より作者の主観を排しているという意味で、「一元描写」の「描写」に代えて「写実」としたものであって、泡鳴の「一元描写」に近いものではあるが、主人公の設定に異るものがあり、主人公と作者との間の距離に違いがあるなど、若干異る所があるので、敢てその相違を明らかにするために「描写」に代えて「写実」に置き代え、「一元写実」と称したものであって、泡鳴の「一元的描写論」との間に大きな隔たりが存在するものではないが、やはり「一元描写」より一段進んだものとして、敢て命名した

日本近代文学会関西支部
兵庫近代文学事典編集委員会編

I978-4-7576-0602-9

『菜の花の沖』から『城の崎にて』『海岸列車』まで。

兵庫近代文学〝豊饒の海〟

兵庫近代文学事典

「漫画、映画から宝塚まで多彩」
（「神戸新聞」平成23年11月27日）
「手塚治虫さんら兵庫の1000人一冊に」
（「読売新聞」平成23年12月17日）

◆推薦　作家　玉岡かおる
ひょうごがもっと好きになるWho's who

…一口に文学といっても、さまざまなジャンルがある、担い手がいる。ああ自分の住んでいるこんな身近にこんな人が、と、1ページ1ページ、新しい発見に胸が躍る。

文化も歴史も、創るのは人。だが郷土という地に根をおろし、そこの風や光や水の流れに身を浸すことで、その感性は育ったのだ。

この一冊をひもとくことで、きっと兵庫がますます好きになる。そしてどこより故郷が誇らしくなるだろう。


◉兵庫出身者だけではなく、居住・滞在・訪問者、兵庫を題材もしくは舞台とした作品を描いた文学者を五十音順に収録。

◉人名項目として九〇〇名以上を収録。

◉作品項目は、その文学者の代表作を紹介するのではなく、兵庫を題材、もしくは舞台とした作品に限り、小説・戯曲・評論・随筆・児童文学・詩・短歌・俳句・川柳・映画・演劇・漫画などのジャンルを対象とした。

【付録】◆枝項目（作品名）索引　項目数九三　◆兵庫県内文学館・美術館案内　◆兵庫県の文学賞・文化賞　◆コラム　神戸の新聞、出版社、書店／神戸の港湾と労働／阪神間文化／宝塚文化／兵庫県と映画―神戸を中心に―／神戸とミステリー／甲子園と文学／文化圏としての姫路

■A5上製・三八四頁・定価五二五〇円（五〇〇〇円）
日本図書館協会選定図書

畦地芳弘

石川淳後期作品解読

近代文学研究叢刊43　I978-4-7576-0522-0

■A5上製・九三六頁・定価一四七〇〇円（一四〇〇〇円）

初の石川淳全作品論完結。古代神話から幕末までの歴史、文学、芸能、宗教等々、日本文化を踏まえたところに成立する石川文学の探究。

▼石川淳前期作品解読　I978-4-87088-944-6　◆定価八四〇〇円

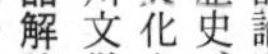

寺内邦夫

島尾紀　島尾敏雄文学の一背景

和泉選書161　I978-4-7576-0426-1

「島尾敏雄文学の研究　作家像に迫る執念」（神戸新聞・平成19年12月23日）・日本図書館協会選定図書

■四六上製・三七三頁・定価二九四〇円（二八〇〇円）

太平洋戦争時年少兵として従軍し、日本の戦後の変転激動のさ中の神戸で島尾敏雄の教えを受けた往年の書生が、様々な論考を通じて島尾文学周辺の事実と真実に迫る。島尾敏雄生誕九十周年記念・肉筆原稿掲載。

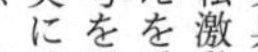

田中裕之

安部公房文学の研究

近代文学研究叢刊49　I978-4-7576-0614-2

新刊■A5上製・二九三頁・定価六八二五円（六五〇〇円）

日本の近・現代文学を代表する文学者安部公房の最初期の〈真善美社版〉『終りし道の標べに』から最晩年の『さまざまな父』まで、徹底した読み込みにより、その独創的な作品世界の成り立ちと意味を解明する。

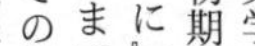

相馬庸郎

日野啓三　意識と身体の作家

近代文学研究叢刊46　I978-4-7576-0560-2

「作家の意思　拾い出す　手仕事の確かさ」（神戸新聞・平成22年11月7日）

■A5上製・三六七頁・口絵一頁・定価八四〇〇円（八〇〇〇円）

日野啓三の後年の癌との闘いの時期に焦点を定め、小は自己内の細胞から、大は宇宙の果て迄の拡がりを持つ独創的な文学世界を明らかにする。巻末には詳細な日野啓三総合年表を付載。

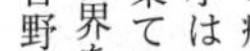

工藤哲夫

賢治考証

近代文学研究叢刊45　I978-4-7576-0546-6

「昭和文学研究」第六二集（平成23年3月）にて書評掲載

■Ａ５上製・三九五頁・定価九四五〇円（九〇〇〇円）

〈読み〉の自由さを競い合うのではなく、宮澤賢治の人と文学について、客観的に〈論証〉し得た（と考える）事だけを書くという態度を一貫させた結果の集積。

木村　功

賢治・南吉・戦争児童文学
教科書教材を読みなおす

和泉選書171　I978-4-7576-0611-1

「出版ニュース」平成24年4月上旬号、「週刊読書人」（平成24年4月20日）にて紹介

新刊■四六上製・三二〇頁・定価四七二五円（四五〇〇円）

日本図書館協会選定図書

宮沢賢治、新美南吉など、学校教育の場で教材化され、よく知られた童話や児童文学作品を、スティグマ、ディスコミュニケーションなど社会・文化・制度などに関する知見を援用し読み直す。

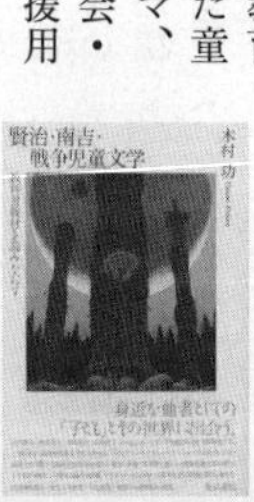

九頭見和夫

日本の「人魚」像
『日本書紀』からヨーロッパの「人魚」像の受容まで

I978-4-7576-0612-8

「福島民報」（平成24年4月21日）、「サンデー毎日」（平成24年4月22日）、「日本経済新聞」（平成24年5月27日）他にて紹介

新刊■Ａ５上製・二六三頁・二六二五円（二五〇〇円）

人間と魚が合体した想像上の動物「人魚」を解明する。日本の伝説・文学に登場した「人魚」像を中心に民俗学・博物学関係の文献のほか、アンデルセン「人魚姫」等外国の文献もあわせて分析。

谷　悦子

まど・みちお　研究と資料

近代文学研究叢刊10　I978-4-87088-725-1

重版出来■Ａ５上製・二九九頁・口絵カラー八頁・定価五二五〇円（五〇〇〇円）

日本図書館協会選定図書

「ぞうさん」「やぎさん　ゆうびん」「一ねんせいに　なったら」の作詞者まど・みちおの創作意識を、直筆ノートと作品の中に探る。また、まどの絵画や直筆原稿「自作自注」、筆者の聞き書きを収録。

松村直行

童謡・唱歌でたどる音楽教科書のあゆみ 明治・大正・昭和初中期

I978-4-7576-0604-3

「ミュージック・マガジン」平成24年1月号、「レコード・コレクターズ」平成24年2月号、「週刊読書人」（平成24年1月20日）他にて紹介

■A5上製・三九五頁・定価三六七五円（三五〇〇円）

学校や家庭で親しく歌い継がれてきた日本の童謡・唱歌の源をたずね、私たちの知恵と努力によって育まれ、日本文化の大切な一翼をになうまでに至る童謡・唱歌の姿を紹介する。巻末には曲名索引付。

佐藤和正

小説の面白さを語ろう

IZUMI BOOKS11 I978-4-7576-0400-1

■四六並製・一五一頁・定価一二六〇円（一二〇〇円）

ひとに小説の面白さを伝えるのは難しい。夏目漱石、庄司薫、吉本ばなな、村上龍、辻仁成らの小説の「面白さ」を語る試みを通して、読書という行為の可能性を追求する一書。

西田谷洋・浜田秀・日高佳紀・日比嘉高

認知物語論キーワード

IZUMI BOOKS18 I978-4-7576-0555-8

■四六並製・一一二頁・定価一三六五円（一三〇〇円）

認知科学、認知言語学のもたらす知見を導入し、梶井基次郎「桜の樹の下には」を例としながら、従来的な物語論の更新と再構築を試みる。文学研究、言語研究双方の立場からの論考二篇とブックガイド付。

日本近代文学会関西支部編

海を越えた文学 日韓を軸として

いずみブックレット7 I978-4-7576-0559-6

「出版ニュース」平成22年10月上旬号にて紹介

■A5並製・六四頁・定価一〇五〇円（一〇〇〇円）

閔妃写真の謎、朝鮮俳壇の形成、金史良の日本留学時代の問題、安部公房の満州体験など、日韓双方の研究者による論考四篇を収録。日本近代文学・研究の国境を越えた広がりを鮮明にする一冊。

懐徳堂記念会編

批評の現在 哲学・文学・演劇・音楽・美術

懐徳堂ライブラリー2 I978-4-87088-988-0

■四六上製・二五〇頁・定価二九四〇円（二八〇〇円）

多様な価値観が併存する現代にあって、文化・文明の批評は、どのような可能性を持っているのか、どのようなことを問わねばならないのか。ジャンルの枠を超えて気鋭の論者が迫る。

懐徳堂記念会編

異邦人の見た近代日本

懐徳堂ライブラリー3 I978-4-87088-991-0

■四六上製・二〇四頁・定価二七三〇円（二六〇〇円）

近代日本及び日本人は、当時日本を訪れた外国人の目にどのように映
か。ピエール・ロチ、ラフ
ハーン、アーネスト 大
ブルーノ・タ の離脱
々な旅立
イギリス
どを通 旅立ちの諸相に

懐徳堂記念会編

旅立ちのかたち イギリ

懐徳堂ライブラリー9 I978-4-7576-0531-2

■四六上製・二〇

洋人は日本文化をどの
に紹介したのか。岡倉天
戸稲造、オイゲン・ヘリゲ
ルース・ベネディクトは、どの

懐徳堂記念会

■四六上製・二〇

明治…
作品にい…
していたこと…

日本文化〈…〉…
…編
懐徳堂ライブラリー
■四六上製・二〇九頁・定価二…(…〇〇円)
…頁・定価二六…
日本図…

…ように〈日本文化〉を捉え、紹介し、
日本と西洋を…ごうとしたのか。
推薦 詩人・元日本近代文学館…

「大阪近代文学研究の礎」

大阪近代文学事典

大阪花秀浩
日本…編

1978-4-7576-0284-7 三四七頁・定価五二五〇円(五…

これまで取り上げられることがなかったマイナーな文学者まで多数紹介。九百名を越える人名項目を採録した、文学愛好家、近代・現代文学研究者をはじめ、学校教育機関、図書館にとって必備の手引。

四国近代文学事典

浦西和彦・堀部功夫・増田周子編

1978-4-7576-0380-6 五〇四頁・定価一〇五〇〇円(一〇〇〇〇円)

四国を表現の磁場とした文学作品約九百編と文学者総勢千四百名を捕えた事典。この事典を巡礼地図に四国近現代文学遍路に出か…ませんか。

「大阪近代文学への期待」 推薦 作家 難波利三

大阪近代文学作品事典

浦西和彦編

1978-4-7576-0372-1 六五五頁・定価九四五〇円(九〇〇〇円)
日本図書館協会選定図書

大阪を舞台とした作品が一千項目以上採録されている壮大なる文学作品事典。巻末には宇田川文海・渡辺霞亭・村上浪六・西村天囚・菊池幽芳・河井酔名・中村吉蔵・小林天眠の著者目録を付す。

「…んだ文学を概観するのに便利な一冊」(京都新聞・平成20年12月14日)

…近代文学事典

日本近代文学会関西支部
滋賀近代文学事典編集委員会編

…0492-6 四三一頁・定価八四〇〇円(八〇〇〇円)

滋賀を描いた文学作…者約八百五十余名、…項目として取り上げられてこなかった文学研究の基盤を築く事典。

「…た石川県民生活の総覧」 書誌学者 深井人詩

石川近代文…

「毎日新聞」(石川版・平成22年4月1…

1978-4-7576-0543-5 四七一頁・…〇〇円)

徳田秋声・泉鏡花・室生犀星・西田幾多郎・唯川恵…者・思想家が登場した石川県を新視点に日本近代文学の軌跡と…明らかにする。七百五十余名の人物項目、四百三十余編の作品項目。

京都近代文学事典

日本近代文学会関西支部
京都近代文学事典編集委員会編

近刊・価未定

山本欣司

樋口一葉 豊饒なる世界へ

近代文学研究叢刊44

1978-4-7576-0524-4
■A5上製・二七一頁・定価七三五〇円(七〇〇〇円)

樋口一葉「大つごもり」「たけくらべ」「ゆく雲」「にごりえ」「十三夜」「わかれ道」「われから」を対象に、様々な疑問を足がかりに、複雑に絡み合った小説の細部を解きほぐし意味づけながら、アプローチを試みる。

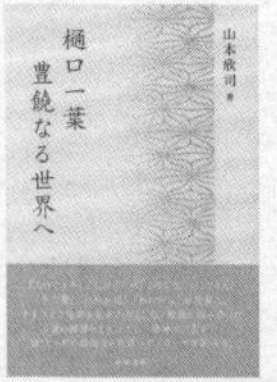

近藤晋平

寛と晶子 九州の知友たち

和泉選書169

1978-4-7576-0598-5
日本図書館協会選定図書
■四六上製・口絵八頁・一七三頁・定価一八九〇円(一八〇〇円)

「手紙、短歌…交流深く」(「熊本日日新聞」平成23年10月12日)、「交友知る上で貴重な一冊」(「人吉新聞」平成23年10月26日)

大正六年六月、與謝野寛・晶子による北九州若松から大分県中津にかけての旅行に関する新資料と、昭和七年八月、彼ら最後の九州横断旅行で立ち寄った人吉で発見された新資料を紹介。

九頭見和夫

太宰治と外国文学 翻案小説の「原典」へのアプローチ

和泉選書143

1978-4-7576-0245-8
日本図書館協会選定図書
■四六上製・三三五頁・定価二九四〇円(二八〇〇円)

昭和一四年以降に、太宰が発表した外国文学や『聖書』等外国の文献から素材を取った多くのいわゆる翻案小説、例えば「走れメロス」等を取り上げ、作品の素材となった「原典」を中心に作品の解明を試みた初めての書。

梅本宣之

文学・一九三〇年前後 〈私〉の行方

近代文学研究叢刊48

1978-4-7576-0574-9
■A5上製・二六三頁・定価七三五〇円(七〇〇〇円)

一九三〇年前後に文学的出発を遂げた作家たちにとって自己の存在意味や自己と他者との関わりは切実な問題だった。中島敦、井伏鱒二、堀辰雄、梅崎春生、石坂洋次郎らの文学営為にその具体相を探る。

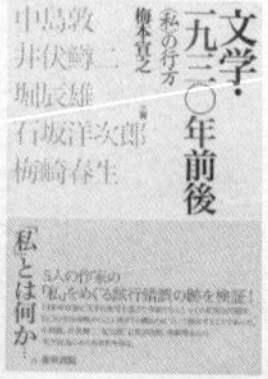

ものであって、特に奇を衒《てら》ったものではない。
泡鳴も前掲の論文（八八頁一六行目の「中略」の後）で指摘している如く、

> 沙翁に「万人の心ある」と云ふ尊敬的形容詞が残つてるのは、客観を無制限に肯定し得た時代の遺物である。僕等の研究によれば、渠《かれ》はわが近松のよりも無教育で浅薄な主観を以つて渠の脚本に出る「万人」を色取つてゐた。此の場合、大主観小主観などの区別を云ふのは無用だ。

であって、現実主義者で心境小説作家の志賀直哉が『クローディアスの日記』について、その「創作余談」の中で、「『ハムレット』の劇では幽霊の言葉以外クローディアスが兄王を殺したといふ証拠は客観的に一つも存在してない事を発見した」ことが創作動機だと語っている如く、亡霊の言葉はもとより、クローディアスが兄殺しを神に許しを乞う場面で、小声ないしは心中でのみ唱える言葉を、劇場の観客全員に隅なく知れ渡るような大声で叫ぶことなど、またハムレットが自己の心中を、これまた自分の心の中だけでなく、独白という形で観客のすべてに知り渡らせるように、面と向って大声で語ることなどは、現実には全くあり得ないこととしてこれを無視したことは、泡鳴の説に全面的に符合する所である。にも拘らず直哉が『クローディアスの日記』を書いたのは、「敵役が殺されずに主人公の死ぬ方がより悲劇になる」と考えて、原作者のシェイクスピア以上に、偽善を装って皮肉ったものとも考えられる。この作品に対して、現代の日本では最もその小説の表現技法に精通し、また自らもそれを実践した伊藤整が、「この作品は、心境小説としては極めて優れている」旨の発言をしているのは、作品は内容はもとよりであるが、その表現技法がいかに重要なものであるかを示唆していて興味深いものがある。

かくのごとく、泡鳴の「一元描写論」はリアリズムの表現法としては画期的なものであり、以後この表現法は次第に一般に浸透普及しつつあるが、有三の如くに徹底的に行っている者はそう多くはないので、ここに特に取り上げて「一元写実」と名付けて披露したのはその故である。そのように、小説においては内容はもとよりであるが、表現技法が特に重視され、多くの技法が試みられて、技法の進化は著しいものがあるが、リアリズムの技法としては、ここに取り上げた「一元写実」が最も適わしいものに思われる。小説においては内容と同時に、その表現法が最も重要視され尊重されなければならないものである。後に有三は『無事の人』において、内的独白に近い技法を用いているが、それもそのままではなく、有三自身がブレーキを掛けた、彼自身の独特な技法に変形していて、有三の技法に対する自覚は終生のものであった。

第七章　『無事の人』における写実と関連文献の扱いについて
――その受容と変容状況と作家の成熟・独自性――

第一節　有三全作品と『無事の人』

山本有三（一八八七―一九七四）は戯曲作家として出発した。明治四三年（一九一〇）、第一高等学校在学中に処女作『穴』を執筆、翌年二月には上演され、三月「歌舞伎」の第一二九号に掲載されるという幸運なスタートを切った。大正三年（一九一四）、第三次「新思潮」四月号に『淀見蔵』（のちの『女親』の初稿）、「帝国文学」一二月号に『蔓珠沙華』を発表。大正四年（一九一五）東京帝国大学独逸文学科を卒業。大正八年（一九一九）、「帝国文学」一月号に『津村教授』を、大正九年（一九二〇）には、「人間」一月号に『生命の冠』、「第一義」六月号に『嬰児殺し』、「人間」九月号に『女親』（『淀見蔵』の改作）の三作を発表した。大正一〇年（一九二一）、「新小説」九月号に『坂崎出羽守』、大正一一年（一九二二）、「改造」九月号に『指鬘縁起』を発表するとともに、翌一〇月「新小説」に初めての短編小説『兄弟』を発表している。大正一二年（一九二三）、「改造」四月号に『同志の人々』、「女性」八月号に『海彦山彦』を発表。大正一三年（一九二四）には、「サンデー毎日」一月新春特別号に『本尊』、「改造」六月号に『熊谷蓮生坊』、「婦女界」九月号、一〇月号に『スサノヲの命』、「新潮」一〇月号に『大磯がよひ』、「演劇新潮」一〇月号に『女中の病気』の五作品を発表している。大正一四年（一九二五）には、「女性」三月号にシナリオ『雪』、「改造」九月号に『父親』を発表。大正一五年（一九二六）に至って、「文芸春秋」六月号に『嘉門と七郎衛門』を発表するとともに、九月二五日から一二月七日までの七三回にわたって「東京・大阪両朝日新聞」に最初の長編小説『生きとし生けるもの』を連載した。昭和二年（一九二七）、「文芸春秋」五月号に『西郷と大久保』、「キング」一一月号にラジオ・ドラマ『霧の中』を発表。昭和三年（一九二八）、七月二〇日から一一月二二日まで一二五回にわたって第二長編小説『波』を「東京・大阪両朝日新聞」に連載。昭和四年（一九二九）、「講談倶楽部」一〇月号に『盲目の弟』（シュニッツレルの『盲目のジェロニモとその兄』の翻案）を発表。昭和五年（一九三〇）、「婦女界」一月号から三月号まで三回にわたり『女人哀詞』を発表、一〇月二六日から翌六年三月二五日まで一四八回にわたって「東京・大阪両朝日新聞」に第三長編小説『風』を連載した。昭和六年（一九三一）、「改造」一二月号に短編小説『子役』『チョコレート』を発表。昭和七年（一九三二）、一〇月二〇日から翌八年六月六日まで二二八回にわたって「東京・大阪両朝日新聞」に第四長編小説『女の一生』を連載した。昭和九年（一九三四）、「キング」一月号と三月号の二回に分けて中編小説『不惜身命』を、「改造」一二月号に短編小説て第五長編小説『真実一路』を連載した。昭和一二年（一九三七）、「主婦之友」一月号から三月号まで三回にわたり『はにかみやのクララ』を発表、一月一日から六月一八日まで一六七回にわたって「東京・大阪両朝日新聞」に第六長編小説『路傍の石』を連載した。昭和一三年（一九三八）、「主婦之友」一月号から三月号まで三回にわたり『ストウ夫人』を発表、「主婦之友」一一月号から一五年七月号までの二一回にわたって長編小説『新篇　路傍の石』を連載するも完結に至らず筆を折る。昭和一八年（一九四三）、「主婦之友」一月号、二月号の二回に分けて『米・百俵』を発表。昭和二四年（一九四九）、「新潮」四月号に中編小説『無事の人』を発表。昭和四八年（一九七三）、四月四日から五月三一日まで四一回にわたって『濁流』（雑談近衛文麿）を「毎日新聞」に連載、没後の昭和四九年（一九七四）三月一日から一一日までの一一回にわたってその続編が掲載された。

以上の如く、有三は随想や評論・翻訳等の類を除くと、戯曲二二篇、シナリオ一篇、ラジオ・ドラマ一篇等の戯曲的作品二四篇、短編小説四篇、中編小説二篇、長編小説六篇等の小説作品一二篇と、他に読物とも称すべきもの三篇等の作品を残していることが知られる。

これらの中で、『無事の人』は、読物の部類に分類すべき最後の作品である『濁流』の前に発表されているが、小説作品としてはこれが最後のもので、吉田精一氏の指摘している如く(1)、有三の人生観のすべてを煮つめた、有三の文学の総決算とも称すべきものであろう。これ以後、死に至る二五年の間、有三は未完の『濁流』（雑談近衛文麿）以外のいかなる小説も戯曲をも全く執筆していない。

この作品について問題となる点は幾つかあろうが、その主要な事項としては次の如きものが考えられる。

1、構成について特色の存在すること
2、準拠・典拠を多く指摘し得ること
3、初出初版が間もなく改訂されていること
4、特異な一元写実法が採用されていること

これらは相互に関連する部分があり、従って、切り離して論ずることは困難な場合があるが、そのような場合は互いに関連させつつ、また切り離して論じ得る場合はそのように扱って、ここに掲げたような順序で、以下、この作品の特質を解明して行くことにしたい。

なお、有三には、文学者としての活動のほかに、政治家としての活動がある。それは、昭和二一年（一九四六）の貴族院の勅選議員、昭和二二年から昭和二八年までの参議院議員の期間であり、その期間に、有三は主として憲法を初めとする戦後の法律を平仮名書きにすることを提唱し、それを実現させたこと、当用漢字の制定や仮名遣いの改訂などの国語問題に関すること、文化の日などの祝日の制定、国立国語研究所の設立等に関する文化面での貢献が多大であったことが知られているが、同時にまた、近衛文麿（一八九一―一九四五）の第一高等学校における同級生であったことなどが、後に

太平洋戦争末期に、東条内閣打倒や終戦工作などに関連して近衛文麿などと協力することになるなどのことがあり、そのことがこの作品の内容の一部とも密接な関係を有するので、そのことをここに付記して置きたい。

第二節　『無事の人』の構成の特色

初出『無事の人』は全十章から成る。第一章と第二章、第九章と第十章の、最初と最後の部分が、宇多という、表面上の一応の主人公と目される人物の思惟や見聞が、彼自身の内心を通して表現され、第二章が宇多と、この作品の事実上の主人公と考えられるあんまの為さんの会話で成り立っている以外の、中央の本体の部分、第四章から第八章までの五章が、為さんが自身の身の上を、宇多に問われて語るという形の、独白によって占められており、章の構成からいうと五対五の割合になっているが、実際の分量は、為さんの独白の部分が全体の五分の三以上を占めている。従ってこの作品の中心は、中央部分の為さんの身の上話の独白にあるのであって、前後の二章ずつが、これをサンドイッチのように挟む形の構成になっている。しかもそれらは、前部は為さんの身の上話を引き出すための、客とあんまとの関係の、宇多と為さんの出合について、後部は為さんのその後の消息を表現するのが主目的となっていて、前後両部が現在の時間を、中央部分が過去の時間を扱っている。それ故、この作品は、構造的には典型的な枠物語、額縁小説（Rahmenerzählug）と称される形式の作品となっていることが知られる。

この作品は、構造としてはこのような特色を持つものであることは明らかであるが、尚詳細に見ると、この枠組となっている部分も、内容としてはそう単純なものではなく、中心となる為さんの独白を引き出し、また際立たせるために、何人かの人物を登場させたり、また副主人公の、知識人である宇多の読書や思考を配することによって、バラエティーを持たせるとともに、為さんの生き方にも積極的に関連を持たせようとの配慮を施しているものであることを看て取ることができる。

第一章では、場所が愛知県の蒲郡の旅館が選ばれ、時は昭和一九年の暮近くに設定されている。知識人の**宇多**がその旅館に泊り、朝早く起きて、霧が深くて周囲の景色もよく判らない中を散歩して帰る途中、昨夜かかった盲目のあんまらしい人物が刃物を磨いている情景を見かける。帰って旅館の**女中**から聞くことによって、それが為さんに間違いないことを知る。そのあと、宇多はE・H・カーの『平和の条件』という本に読み耽る。そこに宇多は、「戦争というものは決して終局のものではない、いつも新しい秩序の発端なのである」という言葉を発見して、新しい目を開かれる思いをする。

第二章は、再び呼ばれたあんまの**為さん**と、もんで貰いながらの宇多との会話に終始する。ここではまだ本格的な身の上話には至らないが、もと大工であったこと、途中から目がつぶれたためにあんまになったこと、二〇年近くやっているが、何事にも奥には奥があることに気付いたこと、大工もあんまも基本は腰を使ってすることに変りはないことなどの、為さんの経験談を宇多が聞く形で展開されている。

第三章は、湯ぶねにつかりながらの、宇多の『平和の条件』の内容についての思考の反芻が表現される。その中で宇多が最も関心を持つのは、「世の中で人間の到達しうる唯一の安定は、コマもしくは自転車の持つ、あの安定である」という部分であることが強調される。そのあとは、風呂番の**六さん**と宇多との会話になり、為さんの一人息子が戦死したこと、以前為さんを捨てて家出した母親が、それも継母で、子供の頃の為さんをさんざんいじめたまま母が、父親違いの病身の弟を連れてころがり込んで来ていて、為さんは今その面倒を見ていること等が語られる。

第四章から第八章までの五章は、為さんが一人で自分の身の上を語る独白の部分である。形式的には、宇多に聞かれて語るという形になっているが、実際には宇多の言葉や宇多についての描写は全くなく、完全に為さんが宇多に語りかけるという形の独白になっている。小学校を卒業してすぐ大工の弟子入りをし、両親には夜逃げをされて帰る家もなくなった為さんを、**頭領**はここを自分の家だと思えと可愛がってくれる。為さんはその恩義に報いるためにもと精進し、頭領のかみさんの甥の**幸ちゃん**と競争で頑張る。頭領は姪の**お菊さん**と、幸ちゃんを夫婦養子にするつもりでいたが、幸ちゃんは洲崎の女郎に通い詰めて、お菊さんを嫌うので、頭領は止むなく女郎を身請けして幸ちゃんと結婚させる。その後、為さんは頭領のはからいによってお菊さんと結婚する。それから間もなく頭領が急死する。すると幸ちゃんのあそびがまた始まる。そして家に帰ることも少なくなる。お菊さんは為さんの子供を生むが、産後の肥立ちが悪く、子供を残して死ぬ。その子供を幸ちゃんの奥さん（**あねご**）が貰い乳までして可愛がって育ててくれる。その後、親子で幸ちゃんの家の厄介になることになるが、幸ちゃんの故ない嫉妬もあって、また自分の家に戻る。その後、関東大震災があり、大工は復興景気でもてはやされるが、仕事のことと、幸ちゃんのあねごのことで、為さんと幸ちゃんの仲は決裂し、絶交する。幸ちゃんが新しい女を家に引き入れたため、あねごは居たたまれなくなり、為さんの家にやって来る。あねごは為さんが好きであり、為さんもあねごを内心憎からず思っているが、そんなことになると、今まで疑われていたことが本当になってしまうと考え、為さんは断腸の思いで、実は縁談も進んでいるのでと言って、あねごに帰って貰う。あねごはあんたはそんな人だったの、と為さんを睨みつけて、為さんの子供に別れを告げ、私は身寄りもなく行く所もないと言いながら出て行く。その後、為さんは実際に進んでいた友人の**達ちゃん**の妹と結婚する。しばらくして幸ちゃんの所から祝いの一升樽が届く。絶交しているがやはり仲間だと、為さんは感激して一本燗をして飲むが、嫌な臭いがするので、一本でやめて寝てしまう。ところが翌朝目を覚ますと、頭は痛むし目は見えない。早速入院して手当てをして貰うが、遂に目は見えないままになってしまう。為さんを恨んでの幸ちゃんの犯行と考えられたが、そうではなく、あとで分かったことだが、実は酒はあねごが贈ったもので、毒を入れて無理心中をはかったもので、あねごは死んでしまったが、為さんは一本飲んだだけだったので、目がつぶれただけで済んだのであった。しかし、大工の仕事ができなくなってしまった為さんは、達ちゃんのはからいによって、奥さんの実家に帰って厄介になることになる。その近所の薬師に開眼の願を掛けて通うが、満願になっても目は開かない。そのあと、その寺の**和尚**に、庭の掃除をするだけでよいから一家で寺に来ないかと言われるが、為さんは、そんな、寺の飼いごろしのようなものになるくらいなら、むしろあんまになると言う。それを聞いて和尚は、おお、それでお前さんの目が開いたと言う。そのようにして和尚さんの助力もあって為さんはあんまになったのだという。

第九章は、再び『平和の条件』を読んでの宇多の思考が展開される。為さんが、和尚から最後に、お前さんもいろいろなことがあったようだが、これからは無事の人になんなされ、と言われたという言葉が思い出され、「平和」と「無事」との関連について考えたり、以前、京都の寺で見たことのある「無事これ貴人、たゞ造作することなかれ」(2)と書かれた軸のことを思い出したり、また、眠れぬままに戸を開けて外気に触れながら、エックハルトの「千人のもの知りよりも、ひとりの生きぬく人こそ」(3)という言葉を思い浮かべたりしていると、突然、空襲警報のサイレンが鳴り響いて、雨戸を締める。

第十章は、戦争も末期となり、宇多の家も空襲によって僅かながら被害を受ける。然るべき立場にあった宇多は、戦争終結のために若干の働きをするが、そのことよりは、聖断が下ることによって終戦を迎え、戦後の日本の復興のために宇多も積極的に参加することになる。或る日の会合の帰り、宇多は突然見知らぬ復員軍人に声を掛けられる。それはかつての風呂番の六さんであった。半年前に召集されて、今復員するところだと言う。為さんの消息を聞くと、死んだと言う。昭和一九年末の東海大地震の際、客の体を自分の体で覆うようにして、かばって死んでいる姿が、地震でつぶれた屋根をはがした下から発見されたという。それを聞いた宇多は、為さんにすれば、或はそれは本望だったかも知れないと思いながらも、眼鏡をはずして、そっと曇りをふき、暗然として空を見あげる。

以上、十章にわたる構成を、内容が判明する程度に、梗概を交えて説明した。これは以下に述べる論とも関連を有し、その展開に役立つことを考えて、敢えて少しく詳細に及んだものである。

第三節　『無事の人』の準拠と典拠

㈠、**『無事の人』の準拠**については、判明する限りにおいて次の事実が挙げられる。

⑴場所については、作品中に、

遠くに、かすみのように、淡くたなびいてみえるのは、このうち海を抱いている渥美（あつみ）半島であろう。あちこちに、いくつも島がちらばっている。近くには、竹島がくっきりと姿をあらわしていた。島へ渡るコンクリートの橋が、白く光っている。（新潮社版全集第一二巻11頁）

とあり、また有三の長男である、故山本有一氏も次の如くに述べておられる。

「無事の人」の出だしで、濃い霧の中で〝為さん〟が一心にホウチョウをといでいる海辺のシーンが出てくるが、この海辺は、蒲郡《がまごうり》ホテル近辺の海辺である。父は蒲郡ホテルが気にいって何回か私もつれていってもらった。〝無事の人〟の原稿を実際にかいたのは、熱海伊豆山の桃李境という海辺の旅館だった。桃李境のすぐ下は岩場で、岩にあたってくだける波の音は、蒲郡の岩場を思い出させた。[4]

このことからも、作品の舞台が愛知県の蒲郡であること、しかもその旅館は蒲郡ホテルではなく、日本旅館であることが、作品の中に、宇多自身の言葉で、

> 肉食を禁じられている彼は、わざと日本館のほうを選んだのだが、（全集8頁）

とあるほか、第十章の風呂番の六さんの言葉の中にも、

> あれからまもなく、ときわ館もホテルも、みんな、軍のほうに取られちまいましてねえ。（全集109頁）

とあることによって、実名であるかどうかは不明であるが、ときわ館という名称の日本旅館が舞台であったことは明らかであるし、また、この作品の執筆された場所も、この作品の舞台と同じ場所ではないが、似たような場所であったことが知られる。

(2)この作品に描かれる時間は、現実には昭和一九年の暮近くの数日と、終戦後間もないある日の夕方の、東京駅前におけるほんの僅かな時間に過ぎない。そのほかは、為さんの独白の回想の中に出て

来る過去の時間であり、それは、為さんが大工として働きに出始めた数え年一二歳の時に始まり、それから一五年後にお菊さんが子供を産み、産後の肥立ちが悪くて死んだのが一年余りのちということで、幸ちゃんの奥さんに子供の世話をして貰ったり親子で厄介になったりしたということがあって、大正一二年九月一日の関東大震災に遇うという設定になっているので、厳密な年数は判り兼ねるが、逆算すると、為さんが大工の弟子入りをしたのは明治四〇年頃ということになるから、それから昭和一九年までというと、約四〇年前後になる。それが為さんの活躍した過去の時間である。

この作品の最初の時間は、宇多が旅館で、為さんに肩をもんでもらいながら、為さんの話を聞くという時点で、それは第一章の終に、

日支事変が起こってから八年、第二次欧州大戦が始まってから五年、太平洋戦争になってからでも、もう足かけ四年になる。（全集12頁）

とあり、また、第九章の最後に、

突然、悪魔のうめきのような、ポーというううなり声が響いてきた。それは、ひと所からではなく、同時に、あちらからも、こちらからも響いてきた。その響きといっしょに、やみを突んざいて、三条の白い光が、空に走った。

宇多は急いで、あま戸を締め、明かりを消した。

悪魔のうなり声は、なお続いていた。そのうなり声のあいだを縫って、飛行機の爆音が聞こえ

てきた。（全集96頁）

とあることによって、米軍による日本空襲の始まった、昭和一九年も年末に近い頃であることが分かる。

このことに関連して、この作品の中に、時間的に矛盾する表現が一カ所あることを指摘して置きたい。それは、初出、初版、改訂版ともに、第九章の終りのすぐ前の部分に、

宇多は、手すりにもた《手すりにもたれたま、、》れたま《宇多は》、《ナシ》、夜あけの前の大気の中《なか》に立っていた。春とは言いながら、指さきが、《ナシ》かじかむほど寒かった。[5]

という表現があるが、これは、「日支事変が起こってから八年、第二次欧州大戦が始まってから五年、太平洋戦争になってからでも、もう足かけ四年になる。」（第一章）という表現からすれば、昭和一九年を指すものであることは確実である。しかし、昭和一七年の、ドーリットルの日本空襲を別とすれば、日本がB29による空襲を受けるようになるのは、昭和一九年一一月一日がB29による初偵察であり、空襲が始まるのは一一月末からである。B29による東京初空襲は、一一月二四日、マリアナ基地からのB29一一一機による武蔵野の中島飛行機工場の爆撃であり、続いて一一月二九日には、B29による東京の初の夜間空襲があった。名古屋の初空襲は、一二月一三日のB29九〇機による三菱重工名古屋発動機工場の爆撃であり、その後、一二月一八日と二二日にも名古屋は空襲されている。その後の名古屋地方の空襲としては、昭和二〇年一月三日の、B29九七機による大阪、名古屋への来襲があ

り、二月一五日にも、B29六〇機による名古屋、浜松への空襲があるが、[6]それらは、いずれも、一二月から二月にかけてのものであって、丁度冬の季節に当っており、春ではあり得ない。宇多が蒲郡に滞在したのは、空襲の始まったばかりの頃と考えられることでもあるし、また、後に述べる地震との関係から推測しても、一二月一三日前後か、それとも、その年の明ける前の一二月一八日か二二日を含む、昭和一九年の年末と考えるのが穏当であろう。とすれば、「春」では決してあり得ず、一九年末の「冬」でなければならない。これが、もし「冬」でなく「春」だとして、「春とは言いながら」が正しい表現だとすれば、昭和二〇年の春ということになり、もしそうだとすれば、「日支事変が起こってから八年」という表現は九年に、「第二次欧州大戦が始ってから五年」という表現は六年に、「太平洋戦争になってからでも、もう足かけ四年になる。」という表現は五年になるのでなければならない。しかし、この表現が誤っているということはあり得ないので、この時期は昭和一九年であることは明白であって、それ故、この部分は当然に「冬」でなければならないことになる。昭和一九年の春ということは、空襲との関連からも全くあり得ないことであるから、この部分は、有三の錯覚による誤りと認めざるを得ない個所である。しかし、これは創作であって、事実を述べることを目的としたものではないから、現実とは異っても止むを得ない、と言えばそれまでであろうが、しかし、それにしても不注意の誹りは免れ得ないであろう。

そして、最終章の第十章は、その後、宇多が東京に帰り、二〇年初めの終戦工作や、八月一五日の終戦、それに続いて始まった復員に及んでいるので、大体昭和二〇年八月一杯頃までがこの作品に描かれた現在の時間ということになる。そして、その他は、すべて為さんの回想の中に出てくる過去の時間という設定になっている。

(3)主人公のモデルと目されるものについては、高橋健二氏が、蒲郡の旅館のことにも触れて、次の如くに述べておられる。

宇多という人物が泊まった旅館は愛知県の蒲郡《がまごおり》にある。有三がそこが気に入っていたようで、たびたび泊まった話をよく聞かされた。また有三はあんまにかかるのが道楽であった。宇多があんまから、もみだこができている、と言われるが、それはまさしく有三にほかならなかった。肩こりと不眠を有三はしょっちゅうぼやいていた。（中略）

蒲郡やあんまのことはよく知っていたにちがいないが、大工さんのこととなるとそうはいかないで、例の凝り性が出て、名人かたぎの職人を呼んで詳しく話を聞いた。(7)

この記述によっても、宇多なる人物は山本有三その人であることが知られるが、そうでなくとも、宇多は有三自身であろうことは一般に推測に難くない事実である。しかしながら、肝心の為さんについては、有三自身も作品以外には何も語っていないし、有三に最も親しい関係にある高橋健二氏にしても、前掲程度にしか触れられていないので、実際にこのようなあんまが実在したかどうかについては断定し難い。しかしながら、全くこの通りではなくとも、これに近い経歴を持ったあんまがいて、有三はその人に接することがあり、その人からある程度の身の上話を聞いた上で、有三なりの粉飾を加えて創作化したものと推測したとしても、見当はずれではなく、多かれ少なかれモデルらしいものの存在があったと考えることは無理ではなかろう。少なくとも筆者にはそのように思われる。

(4)盲目者の記述の基礎となったもの。有三自身は極度の近眼者であり、目の悪かったことは事実であるが[8]、盲目の体験者ではなく、従って盲目者の生活を描くことは、そう容易ではなかったと思われる。これについては、有三は過去において、オーストリアの作家、シュニッツラー Arthur Schnitzler（一八六二―一九三一）の短編小説『盲目のジェロニモとその兄』Der blinde Geronimo und sein Bruder（一九〇〇）を大正一〇年（一九二一）に、「人間」九月号に翻訳しており、更にそれに基づいて、昭和四年（一九二九）、『盲目の弟』という翻案脚色作品を「講談倶楽部」一〇月号に発表しているので、原作の中に出て来るジェロニモの言動を、翻訳することを通して、また、それを脚色することによって、盲人の生活を知る経験を持ったことが、盲目の為さんを描くための参考になっているものと考えられる。また、これは早川正信氏も指摘しておられることであるが[9]、直接の盲目者を扱った作品ではないが、同じオーストリアの作家のツワイク Stefan Zweig（一八八一―一九四二）の短編小説『永遠の兄の眼』Die Augen des ewigen Brudersを、昭和二年（一九二七）、「中央公論」一二月号に、高橋健二氏の協力によって翻訳発表している。それは、ヴィルバーガ国のヴィラータという若い貴族の猛将が、反乱軍の中にいた兄を、それと知らずに刺殺する。苛責の念に堪えかねた彼は、剣を捨てて裁きの人となる。しかし正義の行使にも疑念を持ち、暗い地下牢の囚人と衣服を替え、自ら笞刑を体験し、「最も高い棕櫚の木が天に向つて延び上つてゐる高さよりも、遙に深い地の底の第五層の檻房」（有三訳）に自らを閉じ込め、その中で、明るい地上では体験できなかった自己観照を暗闇の中で獲得して行く。彼は後に地上に戻るが、この暗闇の中での自己観照の境地を描いたこの作品の翻訳もまた、後に有三が盲目の為さんを描くのに与って力あったと見て差し支えないであろう。

(5)為さんの死に関する事実について、風呂番の六さんが宇多に向かって、次の如く発言している。

「だんなぁ、ご存じでしょう。去年の暮れ、あのへんには、お、地震がありましてねえ。それでやられたんです。まったく、なんてえことか……」

この大地震というのは、終戦の時点での発言であるから、昭和一九年の暮ということになる。事実、この年の一二月七日には東南海地方に大地震と津波とがあり、死者九九八人と全壊家屋二万六一三〇戸という大被害を出している(10)。この折のことを指しているものと思われるが、筆者個人としては、第九章の終わりが空襲警報の発令と敵機の襲来の場面で終わっていることから考えて、この地震は、第一回目の東南海大地震ではなく、第二回目の三河大地震の誤りではないかと考える。なぜならば、三河地方上空をＢ29が通過して名古屋の空襲が始まるのはその地震の僅か六日後のことであって、Ｂ29九〇機による名古屋初空襲は一二月一三日である。それ故、もしこの日の空襲を宇多が経験したものとすれば、当然にその六日前に起った東南海大地震について知っていなければならないが、それについて全く触れられていないということは、宇多はその地震について知らないか、若しくは前に起ったことなので触れなかったものとも考えられる。[11] しかしながら、空襲との関連から考えると、その後のB29による名古屋空襲は一二月一八日と二二日であって、それらは、いずれも一二月七日の東南海大地震のあとのことである。このことからしても、宇多が蒲郡に出掛けたのは第一回目の東南海大地震のあとと考えるのが妥当である。従って、同じ東海大地震であっても、それは、第一回目の東南海大地震を示すのではなく、それから三七日ほど経て後に起こった、一名三河地震とも称されて、三河地方が最も被害の甚大であった、昭和二〇年一月一三日の東海大地震を示すものでなければならない。そうすることの方が、種々な状況から考えて適切なように思われる。蒲郡は三河地方のほぼ中心に当ってもおり、この時の死者は一六九一人にも及んでいて、また先の地震で倒れずに残った家屋が、更に一万七〇〇〇戸も全半壊していること[12]からすると、地震の被害の規模としては後者の方が絶大であり、三河地方が中心であることもそのことを有力に根拠付けてくれるように思われる。なお、六さんが召集されたのは終戦の半年ほど前だとの発言がある[13]ので、逆算すれば、二度目の地震があってから一カ月余り後ということにもなり、六さんが為さんの死を知った後に召集されたという事実に徴しても、何等抵触するところはないので、その方がより合理的かとも思われ、それ故、「去年の暮れ、あのへんにはお丶地震がありましてねえ」という六さんの発言は、「今年の初め、あのへんに、お丶地震がありましてねえ」と訂正される必要があるように思われるのであるが、しかしながら、これはあくまでも創作上に使用された事実に関することであって、現実の事実の当否を云々すべき性質の問題では有り得ないので、この問題についてはこの程度にとどめることに致したい。

(二)、『無事の人』の典拠について

作品中に見られる限りにおいても、次の如きものが挙げられる。

(1)「無事」については、作品初出、初版の第九章に次の言葉が見られる。

「無事これ貴人。たゞ造作（ゾウサ）することなかれ。」（「無事是貴人。但莫造作。」）

いつか京都の寺ゝを見てまわった時、どこかの禅でらの茶室に、こういう文句の軸がかゝっていたことを、宇多は、ふと、思いだした。

とあり、『臨済録』からの引用であることが知られる。これに関連して高橋健二氏は、

無事の人とは、禅では、何ものも求めることなく、淡々として仏道に徹している僧のことをいう。この場あいの「人」は、道人、修行者のこと、大悟した人をさす。唐代の禅僧、百丈（大智禅師）に、「是れ無事の人」ということばがある。(14)

と述べておられ、参考になる点がある。

ここで、その引用部分を原典（入矢義高訳註、岩波文庫『臨済録』、一九八九年一月初版）によって示すと、次の如くである。上段が原文、中段がその訓読文、下段が現代語訳となっており、問題の引用部分の前後を抽出することによって、より意味を理解しやすいようにすることを期した。傍線部が引用部分であることを示す。

三　師示衆云、道流、切要求取真正見解、向天下横行、免被這一般精魅惑乱。（一）無事是貴人、但莫造作、祇是平常。你擬向外傍家求過、覓脚手。錯了也。

三、師、衆に示して云く、道流《どうる》、切《せつ》に真正の見解《けんげ》を求取《ぐしゅ》して、天下に向って横行して、這《こ》の一般の精魅に惑乱せらるるを免れんことを要す。無事《ぶじ》是《こ》れ貴人《きにん》、但《た》だ造作《ぞうさ》すること莫《なか》れ。祇《た》だ是れ平常なれ。你《なんじ》、外に向って傍家《ぼうけ》に求過《ぐか》して脚《きゃく》手《しゅ》を覓《もと》めんと擬《ほっ》す。錯《あやま》り了《おわ》れり。

三、師は皆に説いて言った。「諸君、正しい見地をつかんで天下をのし歩き、そこいらの狐つき禅坊主どもに惑わされぬことが絶対肝要だ。なにごともしない人こそが高貴の人だ。絶対に計らいをしてはならぬ。ただあるがままであればよい。君たちは、わき道の方へ探しに行って手助けを得ようとする。大まちがいだ。

（注一）一切の作為を絶って自らの本然《ほんねん》に安らいでいること。唐末の詩人羅隠《らいん》の詩に「無事貴し」とい、同じく杜荀鶴《とじゅんかく》の詩に「無事の人」とあって、当時の愛用語だったらしい。

このほか『臨済録』には「無事」の用例が、「不如無事」「無事過時」「随処無事」「当下無事」「適然無事」「一箇無事」「莫道無事好」等の形で一二例用いられているが、それと同時に「無事人」という用例も二例見られる。その個所を、前の引用にならって示すと次の如くである。一は先の引用の前、一は先の引用の後に存在する。

道流、約山僧見処、与釈迦不別。今日多般用

道流、山僧が見処に約せば、釈迦と別ならず。今日多般の用処《ゆうしょ》、什《な》

君たち、わしの見地からすれば、この自己は釈迦と別ではない。現在のこのさま

処、欠少什麼。（一）六道神光、未曾間歇。若能如是見得、祇是一生無事人。

麼をか欠少《かんしょう》す。六道の神光《じんこう》、未だ曾つて間歇《かんけつ》せず。若《も》し能《よ》く是《かく》の如く見得せば、祇《た》だ是《こ》れ一生無事の人なり。

ざまなはたらきに何の欠けているものがあろう。この六根から働き出る輝きは、かつてとぎれたことはないのだ。もし、このように見て取ることできれば、これこそ一生大安楽の人である。

（注一）　六根（眼・耳・鼻・舌・身・意）の絶妙な働き。

求仏求法、即是造地獄業。求菩薩、亦是造業。看経看教、亦是造業。仏与祖師、是無事人。所以有漏有為、無漏無為、為清浄業。

仏を求め法を求むるは、即ち是れ造地獄の業。菩薩を求むるも亦た是れ造業。看経《かんきん》看教も亦た是れ造業。仏と祖師とは是れ無事の人なり。所以に有漏有為《うろうい》も、無漏無《むろむ》為《い》も、清浄の業為《た》り。

仏を求め法を求めるのも、地獄へ落ちる業作り。菩薩になろうとするのも業作り、経典を読むのもやはり業作りだ。仏や祖師は、なにごともしない人なのだ。だから、迷いの営みも悟りの安らぎも、ともに〈清浄〉の業作りに他ならない。

その他では、第八章に、為さんが寺の住持に、

「おまえさんも、だいぶいろ〳〵のことがあったが、これからは、無事の人になんなされ。」そう言ってくれました。――そうでござんす。おっしゃる通り、禅宗のお寺さんなんで、へえ。

と言われたことが記されているのも、やはり『臨済録』に関連があるものと思われる。

(2)「柳は緑、花は紅」については、同じく第九章の先の「無事」(本書一一一頁五—七行)についての記述の後、少し置いて次の如く記述されている。(初出、初版のみで「改訂版」では削除されている。)

人間も自然のようになれたら、苦労はなくなるのであろう。自然のたくらみを加えないで、大自然の運行のまゝに身をまかせることができたら、ひとりでに、無事ということになるのかもしれない、禅宗のほうでは、柳は緑、花はくれないということを言うが、これがきっぱり言い切れる人間になれたら、そういう境地に、はいれるのかもしれない。

この「柳は緑、花は紅」という言葉は、諸辞典の解説によると、①自然のままで少しも人工の加わらぬさま。また、物事に自然の理のそなわっているたとえ。②物がそれぞれに異っていることのたとえ。③春の景色のよいさまの形容。④禅宗で、悟りを開いた境地をいう。等とあり、文学作品では、北宋の蘇軾(蘇東坡、一〇三六—一一〇一)の詩題未詳ながら、「柳緑花紅真面目」という詩句のあることが伝えられているが、ここでは禅宗の悟りの境地を言ったものと考えられる。禅宗関係の経典でこの語句の見られるものには次のようなものが存する。

目前無レ法、従教二柳緑華紅一耳、畔無レ聞二一任鶯吟燕語一(金剛経川老註—中)

海印信云、見不レ及処、江山満目、不レ睹二纖毫一、花紅柳緑、白雲出没本無心、江海滔滔豈盈縮(禅林類聚—八・経教)

上堂云、風和日暖、古仏家風、柳緑桃紅、祖師巴鼻(五祖法演語録中)

上堂、春日遅遅、春風浩浩、緑水繞レ腰、春山載レ帽、柳緑花紅、鵶鳴鵲噪（仏海慧遠語録一）
時節至也容易、春光融レ物華麗。不下与二万物一為上侶底人、豈碍二柳緑花紅一。一口吸二尽西江水一、何妨二魚竜遊戯一。（続古尊宿語要六退菴奇）

あらゆるものがそれぞれの在りように安らいでいるさま。「花紅柳緑」とも。（禅語辞典）

これらの用例はいずれも、「柳は緑色をしてい、花は紅に咲くように、草木の自然のすがたがそのまま諸法の実相（すべての存在のありのままの真実のすがた）をあらわす」という禅宗の悟りの境地を説明したものと思われるが、しかし山本有三が、この言葉をそれらの教典のいずれから取ったものかというに、そうではなく、有三はかねてから禅に関心を示し、その典籍に接していたものであることは、大正一二年一月の随筆「道しるべ」に「季存語録」、大正一二年八月の随筆「心の置きどころ」に沢庵禅師「不動智神妙録」が挙げられており、それらは山田孝道校註『禅門法語集』によるものであることが示されていることからしても、有三が経典そのものから直接受容したものではなく、近代の『禅門法語集』の如き典籍を通して受容したものと考えるのが妥当であろう。この語も恐らくはそれらの典籍を通してのものであろうことは確実と思われる。

(3)同じ初出、初版第九章の終わりに近く、エックハルトのことばとして、次のような記述が見られる。

「千人のもの知りよりも、ひとりの生きぬく人こそ。」

きらっと、エックハルトのことばが、あたまをかすめた。

これは、Meister Johannes Echart（一二六〇頃—一三二七）の、Ein Lebemeister gilt mehr als tansend Lesemeister. という言葉が出典であって、高橋健二氏によれば、直訳すると、

一人の生活の達人は千人の読書の達人より価値がある[15]

ということになり、有三はこれを意訳して前記のような表現にしたものと思われる、と指摘しておられるが、その通りであろう。

(4)宇多の愛読している『平和の条件』という本は、作品第一章の中で、宇多自身が、

ウェルズ大学の国際政治学の教授、エドワード・ハレット・カーの書いたもの

と記していることによっても知られるように、原題をConditions of Peaceと称し、著者は、Edward Hallet Carr（一八九二—一九八二）で、当時は、宇多の言う如く、Proffessor of International Politics in the University College of Walesであって、出版されたのは、LondonのMacmillan社からであり、出版年は一九四二年とあるから、昭和一七年のことである。戦時中、どうして、国交断絶交戦中の敵国で出版された本が宇多の手許にあったかについては、前記の第一章の本の紹介の記事の前に、宇多自身の言葉で、

これは、真珠湾攻撃の翌年、出版された本であるが、最近の交換船で帰って来た友人が、ぜひ目を通しておくようにと言って、こっそり貸してくれたのである。

と記されていることによって了解される。

(5)『平和の条件』からの引用と受容。『平和の条件』からの直接の引用は、山本有三の翻訳した形での次のような三例が見られる。

①戦争というものは決して破局のものではない。いつも新しい秩序の発端なのである。（第一章）

②世界の安定とか、平和とか言うが、これは政策の目的とすることではない。……これを目的とする世代は失敗する。（第三章）

③世の中で人間の到達しうる唯一の安定は、コマもしくは自転車の持つ、あの安定である。もし今度の戦争で勝利を占めた国々が、人間社会を秩序よく、進歩的に発展させるような条件を作りだすことができるとすれば、平和も安全も、おのずから、これに付随してくるだろう。だが、この場合、安全な状態というのは、絶えまのない前進であるという逆説的な教訓を、戦勝国がわは学ばなければいけない。戦後世界における政治上、社会上、経済上の諸問題に対しては、安定させようという熱意からではなく、革新しようという熱意でもって臨むべきである。

（初出、初版第三章・改訂版第九章に前半$\frac{2}{3}$の引用あり）

これに対して直接に翻訳による引用ではなく、要約した形での引用には次のようなものがある。この頁の③第三章の文章に直接続いて次の如く記す。

❶「平和の条件」の著者は、平和を説かないで、まず革新を叫んでいる。平和だの、安定だのと言ってみたところが、それが現実には、なんの役にも立たないことは、前大戦の経験によって明

らかである。そんなお題目を並べてみても、二十年もたつと、もう戦争が起っているのだ。だから、今度の戦争のあとでは、前の失敗をくり返さないように、進歩的な革命を断行すべきであるというのが、この論の前提になっている。平和を求めるものが革命を唱えるということは、矛盾しているようにも見えるが、そこから出発しない限り、平和も安全も到来しないだろうという考え方は、確かに、根本に触れている。それに、ここにいう革命というのは、敗戦によって起こる敗戦国の革命ではなく、むしろ戦勝国がわの革新である。戦争に勝った国こそ、戦後の処理対策、世界安定の責任者として、古い観念、古い政策をかなぐり捨てて、新しい道を進むべきだというのである。つまり、戦勝国がわの思い切った革新政策によって、全世界を進歩的に発展させ、平和な世の中を築きあげよと主張《つくりだそうと言う…》しているのである。（第三章）

❷「平和の条件」の著者は、普通の知識人が考えるように、単純に戦争を罪悪としては見てはいない。戦争を残酷なものと非難するのは正しいけれども、これを全然無意味なものとは言わないのである。それどころか、今日の戦争こそ、われ〳〵の社会制度にとって、意義のあるものだと主張している。げんに、前世界大戦においては、その結果、すでにいくつとなく、経済的、社会的な不平等を緩和している。従って、今度の戦争も、きっと、その役わりを果たすにちがいない。いや、すでに果たしつゝある。

いったい、戦争というものは、自己犠牲を払うだけの、値うちがあると思えるものを持っているのだから、とにかく、不平等問題や失業問題に対して、一応の始末がつけられる。ところが、戦争のない時には、自分を犠牲にしても悔いないというような、そういう強烈な情熱の向けどころがない。こゝに、この問題解決の困難がひそんでいるのである。それはもう経済だけの問題ではない。道義の問題である。だから、戦争をなくすためには、戦争にも劣らず、自己犠牲の精神をわき立たすような、強い道義的なものが産まれなくてはだめだ。それが発見できない限り、なか〳〵戦争はやまない。平和はこないと言うのである。（初出、初版第九章）

❸カア教授は、戦争にかわって、戦争にも劣らず人〻を鼓舞するものが発見されない限り、戦争はやまないと言っている。（初出、初版第九章）

❹「平和の条件」の著者は、民主主義を批判し、民族自決の問題を批判し、さらに経済問題を批判した結果、それらはいずれも道義の問題に帰着することを説いて、第一部の終わりでは、平和への条件を、いくつか挙げている。それによると、第一の信条は、ヒットラーの打倒とか、軍備縮少というような消極的なことでなく、人類共同の善のために、建設的な計画を立てることである。第二は、金もなく、組織も持たない民衆に、社会の構成員たる自覚を呼びおこさせ、民主主義をもう一度現実のものとすることである。現代社会の不健全な特色は、大組織の絶対的優越性にあるのであるから、これによって、財閥とか、組み合いとか、政党などという大組織が持っている既得権益を、社会に解放させることである。第三は、消費組織と生産計画とによる、新しい経済

秩序の確立である。そのほか、平等の理念の実現、失業対策、国際社会の樹立、自由と権威との関係などが述べられているが、さらに、十九世紀の傾向と逆転する新しい信条として、「権利よりも義務を、社会から得られる便益よりも、社会へさゝぐる奉仕」を、つけ加えていることは、わけても心に残った。（初出、初版第九章）

このほかにも、『平和の条件』からの間接的な引用ないし受容と見られるものはあるが、それらは有三自身の思想や感想と分ち難く結び付けて表現されているので、これを引き離して独立したものとすることは無理があると思われる。これらについては、後に有三のカーよりの影響ないし同感或はその考え方の共通性について論ずる折に、その部分については再び詳細に論及することとして、ここではこの程度にとどめることにしたい。

第四節　『無事の人』の改訂の問題

⑴初出と初版との相違

昭和二四年（一九四九）「新潮」四月号に発表された『無事の人』は、同年一〇月に新潮社から単行本として刊行されている。この初出と初版の間には、表現に及ぶような改訂は全くなく、表記上の改訂が若干見られる程度である。今それらの改訂を整理して示すと、次の如きものとなる。（以下、上段が初出、下段が初版の本文を示す。）

(ア)初出で漢字のみで示されていたものが、初版でカッコ付きで読みを示したもの。

様子—様子（ヨウス）　草履—草履（ゾウリ）　勘定—勘定（カンジョウ）　大往生—大往生（ダイオ、ジョウ）　欲—欲（ヨク）

(イ)逆に初出でカッコ付きで読みが示されていて、初版でそれが削除されているもの。

絵図（エズ）—絵図　信心（シンジン）—信心　障子（ショウジ）—障子

(ウ)初出でひらがな表記にカッコ付きで漢字が当てられていて、初版で削除されているもの。

ごたく（御託）—ごたく

(エ)初出の漢字表記が初版で仮名に改訂されたもの。

みょうりが尽きまさ。—みょうりが**つ**きまさ。　けえり仕度—けえり**じたく**　因ねん—**いん**ねん　掛かった—**か**ゝった　よし悪し—よし**あ**し　思い出された—思い**だ**された　答えると—**こて**えると

(オ)若干意味を違えて、ひらがな化したもの。

繁くなる—**はげし**くなる

(カ)殆ど同じ意味で言い換えたもの。

つら—つらあ　せい〳〵—せえぜえ　見かえした—見なおした　あんま—あんまさん（第九章、

一カ所）

(キ)若干のことばが省略されたもの。（傍線部）

おっと、いけねえ。また、―おっと、また、　耳には伝わってこない―耳に伝わってこない

(ク)新たに傍点が加えられたもの。

あすび―あすび（二カ所）

(ケ)平仮名表記が片仮名表記に変ったもの。

じゃぶ〳〵―ジャブジャブ　かさかさと―カサ〳〵と

(コ)読点の省略されたもの。及び読点が新たに加えられたもの。

スウッ、スウッと―スウッスウッと（二カ所）　信心で、直るとも―信心で直るとも　気分が、悪くっても―気分が悪くっても　突っぷしたまんま、死んでたってんですからね―突っぷしたまんま死んでたってんですからね　ついに聖断を仰ぐというところまで―ついに聖断を仰ぐ、というところまで　悪魔のうめきのような、―悪魔のうめきのような　ふたりのあいだを、ぴゅうと―ふたりのあいだをぴゅうと　それで直りゃあ、―それで直りゃあ　『い、え。』って答えると―『い、え。』って、こてえると　息を抜かねえで、息を抜く―息を抜かねえで息を抜く

(サ)句点の省略されたもの。

「どんなだつたの。」―「どんなだったの」（第十章）

有三は会話文の終りには必ず句点を付けているので、この個所は初版における誤植と考えられるものである。

(シ)読点と句点が逆になっているもの。及び符号の位置が変更になっているもの。
ですがね、―ですがね。わけなんでしょうが、……　―わけなんでしょうが……。当たりまえでさ。―当たりまえでさ、

(ス)符号の変更されたもの。及び促音の表記の誤り。
のお許らいにまかせる！　―のお許らいにまかせる。「為さんは死にました！」―「為さんは死にました。」まゝになっている―まゝになつている（第十章）

(セ)分かち書きの変更・訂正。（山本有三はこの作品において、句読点のほかに、数十カ所において、半角〔字〕分空けて、分かち書きを実施しているが、その中で、初出では行われていたものが、初版では行われていないもの、初出で誤っていたものを、初版では訂正しているもの、初出では読点であった個所を、初版では分かち書きに改めている個所など、次の如きものがある）
むしろ　おかしいくらいだった―むしろおかしいくらいだった　まっさきに　あがったのは―まっさきにあがったのは　すぐ飛びだしてき ました―すぐ飛びだして きました　きくもんじゃあご ざんせん―きくもんじゃあござんせん　風のなかで、うなっていた―風のなかで うなっていた（第十章）

(ソ)初出と初版で段落を新しく作っている個所と、段落を新しくせずに前の段落に続けてしまっている個所が、それぞれ一カ所ある。

(a)初出一〇〇頁一行目改行新段落―初版一七六頁六行目改行せず継続する

(b)初出一〇九頁一七行目改行せずに継続―初版二〇〇頁七行目改行新段落

前者は初版の単行本において、改行して新段落を設けると、一七七頁に一行はみ出すことになり、第九章の初まりが不体裁になってしまう。前の段落に続けると、丁度一七六頁で収まり、区切りがよく、第九章を頁の初めから始めることができて、体裁もよい。しかも意味的にも全く支障はないということで、敢えて詰めたものと考えられ、必ずしも作者の意図によるものではないと思われる。それが証拠にはそれ以後のどの版においても、初出通りの新段落が設けられているからである。後者については、スペースの影響は考えられず、従って、初出はその折の作者自身の原稿通りに印刷されたものであり、初版の際に、新たに段落が設けられたものと解してよいであろう。但し改訂版では第十章は削除されているので、その後の版でこの部分を確認することはできない。

(2)一九五二年(昭和二七)七月の改訂

『無事の人』は、初版発行後三年目に、新潮社の「山本有三作品集」中の『無事の人・生きとし生けるもの』(昭二七・九)に収められた。その作品の最後に、「発表　一九四九年四月　「新潮」　出版　一九四九年一一月[16]「新潮社」　改訂　一九五二年七月」と記されており、それ以後の版にも殆どこの記載がある。このことにより、昭和二七年七月に改訂されていることが判明する。有三自身「改訂」と称している如く、根本的な改作ではなく、飽くまでも一部の改訂ということであろう。その主要な点は、初版までの全十章の構成が、第十章を完全に削除して、全九章の構成となったこと、更に第九章も、もとの第九章の一部はそのまま使用するが、大部分を書き直して、全体としてはもとの第九章の丁度半分の分量で終らせていることである。以後はこの「改訂版」が決定版として刊行されているようだが、作品としては第十章が削除されたことは、この作品の完結性に悪影響を残している。

その他の第一章から第八章までは、段落の最後の言い切りの言葉が多少変更されている個所が見受けられるとか、或る語が他の同意語に置き換えられるとか、読点を多く施すなどの若干の変更はあるが、内容の変更にわたるような表現の改訂は見られず、内容的に言えば殆ど全く変更は加えられていないと言える。

有三がこの作品の改訂を思い立つに至ったについては、土屋文明・馬場恒吾氏など身近な人々の賛辞はあったものの、文壇全体からは殆ど無視され、稀に論評されることはあっても見当はずれな酷評であったことに対する反撥もあったものと考えられる。その代表的なものに宇野浩二の「『無事の人』に事よせて」(17)がある。その中で、宇野浩二は次の如くに言う。

あの、もと大工《だいく》であつた、のちの『あんま』の為さんの口をかりて、作者が述べる、（中略）いろいろの、もつたいぶつた、お談義《だんぎ》めいた、文句を、（『また』か、と思ふほど、しばしば、聞かされる、かういふ、種類の、文句を、）この為さんの、くどくどしい、『ものがたり』の中《なか》から、取り去つてしまふと、けつきよく、この小説は、（この少説《ママ》の主題である、『あんま』の為さんの『ものがたり』は、）古風な、ありふれた、因縁話《いんねんばなし》にすぎない。

また、同じその宇野浩二の文章で紹介されている、「主人公の為さんというあんまの話だけが書いてあつたら『まだしも』」というような読み方をする者が多いという事実によっても知られる如く、有三のこの作品を書いた意図は読者によって充分には理解されることがなかったのである。有三は宇野浩二の言うような因縁話を書くためにこの作品に取り組んだのではなかった。『平和の条件』を持ち出したのは、かねての有三の持論である「すわり」、「安定」の理論と共通するものがあったから大いに共鳴し、関心を持ったのであるが、それ以上に、「戦争というものは決して終局のものではない、いつも新しい秩序の発端なのである」、「戦後世界における政治上、社会上、経済上の諸問題に対しては、安定させようという熱意からではなく、革新しようという熱意でもって臨むべきである」という、戦後の世界の経営に関するカーの根本理念に共感したがためのものであったのであって、事実、有三は年譜(18)によって見ても、昭和一九年「七月初め、近衛公から招かれ、国政に関する重要な問題（平和のため東条首相を排除する極秘計画）の相談を受ける」とあり、昭和二〇年「一月、重光外相、加瀬俊一秘書官のあっせんで、安倍能成、志賀直哉、武者小路実篤、和辻哲郎、田中耕太郎、谷川徹三らと三年会を作る。緊迫した情勢のなかで、ひそかに会合を重ね、戦後対策を考える」が、幸いに終戦となり、有三は翌二一年五月には貴族院の勅選議員となる。二二年には貴族院は廃止されたが、参議員の全国区で当選し、不偏不党を目ざす緑風会に所属して、戦後日本の復興に直接貢献することになる。それらのことに関しては、有三も作品の中で、宇多に託して、戦争中のことについては、

> 　ある政治家は、それを「ツルのひと声」と呼んでいた。そのひと声さえあれば、必ず国内の収拾はつく。戦争を終結させることができると、その人は去年から言っていた。宇多は政治に関係のない男であるが、ニュースを知りたいところから、いつとはなしに、それらの人〻とも、時おり、会う機会を持っていた。それで、今のような論も聞いていたのであるが、彼としては、できるだけ天皇をわずらわしたくないと思っていた。（初出、初版第十章）

というように述べられており、また、戦後のことについても、

> 　敗戦後、一部の知識階級の人〻は、盛んに会合を開いた。宇多もそういう集まりの一つに加わった。彼にしても、いつまでも、風にふるえるアシの葉でいることは、たえられなかった。健康の点から言って、たいした事はできないけれども、こうして時代が一変した以上、彼は彼なりに、自分の体力、自分の能力に応じて働くことが、人間の努めだと思った。
>
> 　集まりの目的は、もちろん、日本の建て直しにあった。しかし問題が具体的なことになると、意見はなか〳〵一致しなかった。（初出、初版第十章）

などの如くに、やや謙遜気味に、控え目に語らせていることによっても、そのことはよく知られると

ころである。

そのような中で、カーの『平和の条件』は有三の拠り所の一つともなるものであったので、そのことを作品の主人公の感概に託し、また戦時中、当局の言うがままに、一切を犠牲にしてまで勤勉に国家のために滅私奉公する国民を、「暗黒」の支配する戦時下の国民の姿を、「暗闇」の中に生きる為さんの生き方に託して描くことに目的があり、従って物語は戦後にまで及び、多くの国民が戦場に、また国内で戦禍にたおれたことを象徴的に描く[19]とともに、その廃墟の中から、生き残った人々が復興のために立ち上がって行こうとする姿を、間接的に描こうとしたのが、当時日本の再建に奔走する政治家でもあった有三の意図したところではなかったろうかと推察される。しかるに有三は、いつもの凝り性で、あんまの為さんや、その大工時代の生態にあまりにも興味を持ち過ぎ、詳細精緻に描き過ぎたことがあり、そのような庶民の生活を活写し過ぎたことが、反って禍して、有三本来のこの作品の意図を充分に表現することにならず、人情話が本筋となり、宇多がカーを借りて繰り返す『平和の条件』の論理や、それに伴う感慨のようなものは、むしろ付け足りというか異質物のようなものになってしまい、二者は融合した一つのものとしての効果を挙げ得ないことになってしまった面があった。そのことが、第三者には為さんの生き方を描くことに中心があり、従って庶民の単なる因縁話を描いたものと取られる原因になったものと思われる。そのことについては、しかし有三自身も早く気付くところがあって、初出第九章において触れているところでもあり[20]、そんなこともあったため、昭和二七年七月の時点で、戦後のことはすべてカットし、戦時中のある旅館に舞台を絞って、そこにおける宇多という知識人の『平和の条件』という本をめぐっての感慨と、為さんというあんまの過去現在の生き方を提示して、知識人と庶民の生き方の典型を示す作品に作り変えたものであろう。

第十章を全くカットしたことにより、為さんのその後の運命や、宇多の動静については全く窺うことのできないものになってしまったが、第九章の最終場面によって、それが決して明るいものではなく、むしろ極めて暗いものであることが暗示されて終わっている。

第九章の改訂は、『平和の条件』の中に書かれた内容についての宇多の思惟や感慨がすっかり刈り込まれて単純明快なものになったことと、この作品の標題の根拠ともなっている、「無事」についての『臨済録』の文言が省かれてしまっているが、これについては第八章の、禅宗の寺の住持が、為さんに向って、「これからは無事の人になんなされ」と言ったことが、そのまま残されているし、また、為さんの独白の中にも「無事」という言葉は繰り返して発せられているので、なんら支障はないものと思われる。旧第九章の末尾に近く存したエックハルトの言葉は、宇多にとっては、まさに為さんその人を表現するために、最適の言葉と考えて用いられたものと思われるが、しかし、これも、残念なことに同時にカットされて消え去っている。誠に遺憾なことではあるが、これもまた止むを得ないことであったであろう。しかしながら、総じてこの改訂は必ずしも成功とは言えないであろう。

有三は周囲の雑音に左右されるべきではなく、自己の信念を貫き通すべきであったと思う。高橋健二氏も『定本山本有三全集』において、この第十章を別に残しておられることもその証左になろう。

第五節　『無事の人』の技法の特色

『無事の人』の初出並びに初版は、作品の現在の時間としては、昭和一九年暮に近い或る数日と、それから九カ月くらい後の二〇年八月の或る夕方の一刻ということになっている。改訂版では、その後の二〇年八月の記述がカットされているので、時間としては数日間のことだけが描かれる。しかしながら、両者ともに主要登場人物である為さんの独白によって、その人物の活動した過去の約四〇年間程の時間について記述されることは共通している。今、ここでは、この両者の創作の技法について、前者が九カ月後のことについて言及していることを除いては、全く同一なので、その共通する技法についてできるだけ詳細に論じたい。

この作品の技法の特色は、登場する主要な二人の人物、宇多と為さんの視点からのみ描かれるということである。他に登場する人物があっても、それは会話を交す場合においてのみ、その人物の見解は表明されるが、それもすべて二人の人物の視点を通して記述されることになる。この場合、視点というのは、単なる視覚を言うのではなく、視覚・聴覚・嗅覚・味覚・触覚等の五感の働きを通して感じられるものはもとより、それに更にその主人公の思惟や推測、時には恣意をも加えた、その人自身の見解や判断を示すものである。従って、この作品中においては、宇多と為さん以外には、直接の会話の言葉を除いては、他の登場人物の意志が表示されることはないし、また作家自身が作品中に自己の見解を表明するというようなことも全くない。すべては二人の登場人物の内面を通して表現されているということである。更にまた、通常の小説作品に見られるような外面描写や、作家による説明や解説の類は一切用いられていないということである。小説の有力な表現手段である、描写や説明や解説などを悉く拒否して、二人の人物の目に入るもの、耳に聞こえるもの、鼻に匂うもの、その他その人物によって受け入れられ、判断されたこと、思考の内容などが、その人物の心中を通して表出され、または直接その口を通して語られる。時には会話の内容が直接そのまま記述されるという、特殊な物語の形態を取っているところに、この作品の、有三の他の作品や、その他の作家の多くの作品の技法とは異なる、大きな特色が存在する。そこでは従来の自然主義的なリアリズムは一切拒否されている。

第一章の海岸の朝の景色も、宇多の目に写った限りにおいて表現され、偶然に見かけた昨夜のあんまの為さんの姿も、らしいと記されるだけであり、女中との、為さんについての会話がそのまま記述され、『平和の条件』を読んでの感想も、日本の現在の現実に引き比べての、宇多の心の中に展開するものとして表現される。

第二章はその日の、為さんに肩をもんでもらいながらの、宇多と為さんとの間に交わされる会話がそのままに記述され、翌日もまた同じように来て貰って、揉んで貰いながらの、為さんが以前大工であった時期の身の上話、またカンナの使い方などについて語る為さんの話の内容が、そのままに記されている。

第三章は、湯ぶねにつかりながらの、宇多の『平和の条件』を読んでの、その内容の宇多の心中での反芻が記され、途中で風呂番に声をかけられ、背中を流して貰いながら、為さんの盲目についての話題などを中心とする、交わされた会話の内容がそのまま記されるのみである。

第四章から第八章までの連続する五章は、為さん一人の独白の形になっていて、表現の形式としては、目前に宇多がいて、その宇多に語りかけ、相槌を打ったり、質問に答えたりという形にはなっているが、実際は宇多の言葉は一言もさし挟まれてはいず、完全な独白という形をとるものとなっている。その中には四〇年間にわたる為さんの人生が、最初は大工としての修業が、後に目をつぶされてからあんまになるまでの経緯、あんまになってからの苦労話などが、主要な登場人物の言葉を交えながら語られるが、それらはすべて、為さんの体を通り、その心の中で温められ、為さんの言葉となって出て来るものであって、その言葉を通して、読者は為さんのひととなりを、その頑固な、融通のきかない、義理固い、馬鹿正直な人柄を知ることができ、同時に明治末から大正、昭和期にかけての庶民の生活の一端を、特に職人世界の実状をそのままに感じ取ることができるようになっている。そしてそれらがすべて為さん一人の語りによって述べられる形になっている。従ってこの作品の特徴は独白の記述にあるのであり、これらの点に最も典型的に、しかも最も色濃い形で現れていると言える。

第九章は、旧稿では『平和の条件』を読んでの宇多の感慨が詳細に記述されるが、改訂版ではこれが端折られ、単純化されて、夢の中での話に転化されている。そして眠れぬままに雨戸を開けて、暗闇を通して僅かに見えるものを見つめ、また打ち寄せるさざ波の音に耳を傾けて、自然界はどこまでも無事だが、人間界はどうも無事にはいかない、などと考えているところに警報が鳴り、爆音が轟いて雨戸を閉める。ここではすべて宇多の見るもの、聞くもの、考えるもの、行為だけが、宇多自身の心中及び行動を通して表現されている。

第十章は、空襲によって宇多の家も少し焼かれたこと、実業家のこの戦争について語った言葉、終戦工作に宇多も若干はかかわったこと、玉音放送により無事終戦となり、戦後の復興のために宇多も多少の貢献をしていることなどが、宇多自身の心中を通して記述され、東京駅前で偶然、復員する、もと風呂番の六さんに出会い、その話から為さんが東海地震で圧死したことを知る会話が交わされ、暗然となる宇多の心中が述べられて終っている。ここでは六さんの吐露を通しその心中が記される。

このようにこの作品は、純粋に会話を記述したところ以外は、第一章、第二章、第三章は、宇多の立場から、宇多の見聞、思惟、行動が、宇多の心中を通して記され、第九章、第十章も同様となっている。これに対して、第四章から第八章までの連続する五章は、為さんの立場から、為さんの見聞、体験、思惟、行動のみならず、為さんの心中までが、直接的に独白の形をとって語られている。このことは、作家山本有三が、描写や説明や解説をふんだんに用いて、作家は神の如くに、作中の人物の心中や状況や展開やらを、その結末の形に至るまでを完全に知り尽くしていて、それを読者に懇切丁寧に教え説明してくれる、という従来の古い形態の小説技法に飽き足らず、もっと現実性を持った、リアルな有三自身の本来の持論である「あるべきものを描きだす」[21]という新しい小説の技法を目ざしてのものであろうことは明らかである。

一九世紀的な小説技法から二〇世紀的な小説技法へと、この百年余にわたり、世界中の多くの作家達は工夫に工夫を凝らして、新技法の開拓を試み、実践して来ている。山本有三もまた、有三なりに工夫を重ねた結果が、ここにこのような形で結実したものと思われる。全知全能の神の如くに作品世界のすべてを知り尽し、これを読者に知らしめるという、いわゆる超越的視点、全知視点、全能視点と言われるようなものは、全く用いないのはもとより、小説の強力な方法といわれる外面描写や説明などまでをも一切放棄して、すべてを主人公自身の知る限りの範囲において表現すること、主人公の知らないことには全く触れないこと、そして登場人物同士の会話、及び或る一人物を通しての、その心の中に蓄積されていることを、何の強制をすることもなく、極く自然に吐露させるということ、これは内的独白に極めて近い手法であるが、それとは若干異り、他を幾分意識した語り的要素の混入したもので、内的独白の取り留めのなさを避けようとした結果生み出すことのできた手法である。この三種類の方法を駆使することによって、有三は新たな小説の表現方法を獲得したものと言うことができよう。小説としては、この作品の前に書かれた短篇小説『こぶ』(「改造」昭和九年一二月号、短編小説としては最後のもの）における達成とともに、有三はこのような特殊な独白的技法・文体・手法ともいうべきものを発見し、これを実践したのである。それが『こぶ』と『無事の人』に用いられた技法であって、『こぶ』の場合は短いものでもあったがために、必ずしもその成果を挙げるのに充分なものがあったと言えない点もないではないが、『無事の人』の場合には、完全にその手法のすべてを使い尽くして、大きな成功を収めたものと言うべく、有三の小説作品の中では手法的に最もすぐれたもの、と評価することができるであろう。(22)

第六節　『無事の人』鑑賞の留意点

山本有三が、E・H・カーの『平和の条件』に格別の関心を持ったのは、第二次世界大戦下に、終戦のための工作に関わり、また戦後の日本の経営に携わることになった有三にとって、その参考となる内容を含むものであったからではあろうが、それだけではなく、もう一つの理由は、「世の中で人間の到達しうる唯一の安定は、コマもしくは自転車の持つ、あの安定である」という、カーの「安定」に関する見解が、有三の大いに共感するところとなった。というよりは、むしろそこに、従来からの有三の安定観に対するものと同一のものを見出した親近感からではないかと考えられる。

有三は、大正一四年七月の「新潮」に「すわり」と題するエッセイを発表している。その中に次のような一節がある。

コマが非常によくまわって、まるで動かないように見える時、わたしたちはそれを「コマがすわる。」といった。（中略）しかし、「すわる」ということは、動かないことではない。一見、動かないように見えるけれども、じつは最も烈しく動いていることである。最も烈しく回転すればこそ、コマははじめてすわるのであって、「すわり」は活動の絶頂である。どんなにすばらしく活動しているように見えても、「動き」が見えるということは、力が弱い証拠である。（中略）コマがすわることを、子どもたちはまた、「澄む」ともいっている。

と言ったあとで、「まことに、すわることは澄むことである。」と述べて、この文を終っている。このように、「コマが澄む」ような境地こそが、有三の理想とするところであったのであって、同じ文の中で、有三は更に次のようにも言っている。

心の動くのは、力の張りつめていない時である。（中略）すわろうとして、すわれるものではない。力がはちきれ、いきおいが高まって、おのずからすわるのである。

右の言葉によっても、有三の目指す不断の境地が如何なるものであるかを知ることができるのであるが、更にそれから一カ月後の大正一四年八月の「都新聞」紙上に、「途上」と題するエッセイを発表して、コマはすでに投げられた時に、その運命がきまっている。（中略）私なぞも、もうまもなく倒れてしまうのであって、「すわり」の境地にあこがれているのは、おめでたい「錯覚」かもしれない。が、しかし、まわる以上はすわりたい。よしや、事実は、倒れる途上にあるのだとしても、私としては、「すわり」を念として進みたい。全身に重い鉄の輪を背おって、ぐるぐるとまわりたい。輪が重いほど、コマはかえって、よくすわるものだと言うではないか。そして、そのあとで、しずかに横になりたいと思う。

と述べていて、これらの中に有三の人生観というか、積極的な生き方の基本姿勢が窺われるのであって、早川正信氏も指摘しておられる如く、

有三にとって、日頃希求する、あるべき人間の生き方は、コマの動きが中心に寄って極まるように、向上を求めながら「重い」運命という「鉄の輪」を背負って生き抜くことに理想があったように思われてくるのである(23)。

という見解は正鵠を射たものと見て間違いないであろう。

その他「すわり」の中には、地球の回転に関する記述があり、それが『無事の人』の第三章に、宇多が、カーの『平和の条件』の中に、世の中の安定を「自転車の持つ、あの安定」という比喩を用いていることに関連して、自分のコマの回転による安定の理論と比較し、また地球の回転が地上の人間に何の動きも感じさせない安定感を持つものであることなど、有三の以前からの持論がそのままに、

湯ぶねにつかりながらの思惟の発展として記述されていて、この作品の枠組みをなすものの一環として用いられているカーの『平和の条件』は、単に独立して利用されているものではなく、有三の理念と密接不可分なものとして、有三自身の思念として、宇多なる人物に託して語られているものと見るべきものであろう。しかも、その「すわり」の文中に、早くも、次のような記述の存在することは、『無事の人』を考える際に、特に留意する必要があろう。即ち、

禅門で、すわることを、大事なこととしているのはうなづける。

このほか、更にそれより以前、大正一二年八月号の「青年」に発表した「心の置きどころ」というエッセイにおいて、有三は、山田孝道校註『禅門法語集』からの文章を引用して、[24]「これは沢庵（たくあん）禅師が、禅剣一如の妙趣を柳生宗矩（やぎゅう・むねのり）に垂示（すいじ）した、『不動智神妙録』の中から抜きだしたものである。」と述べていることなどからしても、有三が古くから禅に関心を持っていたものであることが知られる。

このように、有三は、禅とすわりとの関連について、『無事の人』執筆の二五年も以前に言及しているのであって、枠組みとなる「安定」や「すわり」の理念の存在が、「無事」や「無事の人」と無関係なものではなく、むしろ不可分なものとして有三には認識されていたものであることを、この際、特に強調して置く必要があろう。荒正人氏が、

この作品の動機は、大正十四年七月の『新潮』に発表した「すわり」という短い文章のなかに

秘められているように思う。[25]

と述べられているのは、蓋し慧眼であろう。

また、『無事の人』第九章に、夜明け前、宇多があま戸をくって外の風景を見る個所に、

そとはまだ暗かった。海の上も、陸地も、一様に黒く、たゞ高い空に、いくつか星がかゞやいているだけだった。しかし、海のほうを見ているうちに、目がやみに慣れたせいか、乏しい星あかりの下に、タケ島のずんぐりした姿が、ほのかに見わけられた。それはまるで、暗やみのなかで、座禅を組んでいるようであった。（初版、傍線＝筆者）

とあり、この引用部分全体は初出にも、初版にも、また改訂版にも全く変更を加えられずに存在する個所であるが、この中の傍線を施した部分に、「座禅を組んでいるようであった」という表現のあるのは、単なる偶然ではなく、有三が「禅」に対して並々ならぬ関心を有している証拠と見てよいものであろう。また初出・初版の第九章には、前掲の禅寺の軸の文言についての言及のほかにも、「禅宗のほうでは、柳は緑、花はくれないということを言うが、これがきっぱり言い切れる人間になれたら、そういう境地に、はいれるかもしれない。」という言及もある。

このように、この作品の枠組みとなっている部分と、本体と目される為さんの独白の部分とは、思想的に密接な関連を有するものであって、宇野浩二等の言うが如く、本体と枠組みの部分とを切り離して鑑賞することのできるような作品などでは、決してあり得ないものである。

次に、有三がこの作品の主人公に盲目のあんまの為さんを設定したことに関連して、この作品においては、視覚的な要素が、単に為さんの独白の部分のみならず、枠組みに当たる部分においても、極力押さえられていること、その代わりに、聴覚的要素、嗅覚的要素、味覚的要素、触覚的要素などの他の四感の働きのうち、嗅覚、味覚については取り立てる程のことはないが、聴覚と触覚については、特に強調されていることが看取される。それが為さんの盲目の世界を描くに当っての、側面的な支援にもなっているように感じ取られる。

①視覚的要素については、極力明るさを避け、おぼろげさ、暗さを強調する。

○霧が深いので、あたりのけしきは、何も見えなかった。すべて灰いろに塗りつぶされているので、つい、三、四メートルさきの松の木さえ、それとは見わけられないほどだった。（第一章）

○足もとを見ると、厚い、灰いろの幕のすそを少しもちゃげて、白いものがあたまをだしては、かわいらしく、砂の上にころがっていた。こゝは、うち海なので、波も湖水のようにおだやかだった。（本文は初版第一章）

○細い流れのそばに、なんか黒いものがうずくまっていた。霧がたちこめているので、よくわからなかったが、じいっとすかして見ると、やゝ小がらの老人が、余念もなく刃ものをといでいるのだった。（同前第一章）

○宇多は、はっとして、目をさました。あたりは、まっくらである。（改訂版第九章）

○やみの中で、宇多《彼・》は静かに、その音に耳を傾けていた。（本文は初版、傍記部分は改訂版第九章）

○そとはまだ暗かった。海の上も、陸地も、一様に黒く、たゞ高い空に、いくつかの《ナシ》星がまばた《かゞや》いているだけだった。しかし、海のほうを見ているうちに、目がやみに慣れたせいか、乏しい星あかりの下に、竹島《タケ》のずんぐりした姿が、ほのかに見わけられた。それは、まるで《ナシ》、暗やみの中《なか》で、座禅を組んでいるようであった。（第九章本文は初出、傍記部分は初版）

○思いなしか、東のほうの空は、同じ暗さでも、暗さがちがっていた。それは、あけぼのをはら《含・》んだ暗さとでも言《い》うのであろうか、真っ暗の中《なか》に、何か生き生《〱》きしたものが、うご《踊・っ》めいているように感ぜられた（第九章、同前）

○東のほうの空が、いくらか、しらみそめてきたようである。

（第九章、初出・初版・改訂版とも同一）

○火をかぶったために、ゆがんでいる鉄骨は、風のなかで　うなっていた。その鉄骨の向こうには、ぽかあんと、おゝ空が見えている。もう薄ぐらくなっていたおゝ空には、星が一つ、二つ、黄いろく、にじんでいた。

　帰りを急ぐ人たちは、引っきりなしに、ふたりのそばを通り過ぎて行った。しかし宇多は、まだ黒いおゝいいのかゝったまゝになつ《ママ》ている暗い電燈の下で、六さんの話しを聞いていた。

（初出第十章）

②聴覚的要素と考えられるものには次のものがある。

○霧の中からさざ波の音が静かに聞こえてくる。彼は久しぶりで海の調《しら》べを聞いた。しかも、それが深い霧の中から響いてくるので、ひとしお趣があった。ざぶうっ《ザブウッ》、ざぶうっ《ザブウッ》という単調なくり返しではあるが、その単調なくり返しの中《なか》に、何かゆったりしたものがひそんでいた。動くもの、砕《くだ》けるものの中《なか》に、動かないもの、砕《くだ》けないものが、大きくからだに伝わってくる。

（第一章本文は初出、傍記部分は初版）

○海のながめは、すっかり閉ざされているにもかかわらず、せわしないさざ波の音の中に《なかから》、不思議に広びろ《ひろ〴〵》としたものを感ずるのである。（第一章、同前）

○大きなコマがくる〳〵まわっている。すごい速さでまわっているので、心棒も鉄の輪も見えない。まるで丸い盤が回転しているようである。コマはビューと、うなりを立てている。

不思議なことに、そのうなり声の中から、とき〴〵人の声のようなものが響いてくる。耳を澄ましていると、何か意味のあることばが漏れてくる。（第九章改訂版―夢の中）

○盤がひどくいたんでいるせいか、ジージー音を立てながら、同じことばかりくり返している。

そのうちに、人の声も、ジーといういやな音も消えてしまった。消えたと思うと、たちまち、ゴーというすさまじい響きが起こってきた。それと同時に、今までたいらに回転していた円盤が、むくっと、もちゃがって、岩乗な鉄の車輪に早がわりをした。車輪の周囲には、ぎざ〳〵がついており、そのぎざ〴〵のついた二つの車輪のそとがわには、さらに鉄のキャタピラが回転している。鉄のキャタピラは、鉄の車輪とともに、地ひゞきを立てながら、こちらに向かって、まっしぐらに突進してきた。（第九章改訂版―夢の中）

○さざ《ゞ》波の音が、ゆるくまくらに響いてくる。やみの中で、彼《宇多》は静かに、その音に耳を傾けていた。（第九章―本文は初出、傍記部分は初版）

○波の打《う》ち寄せている所は見えないが、さざ《ゞ》波の音は、絶えまなく響いている。動いているのは、そよ風と、波ぐらいなものだろう。ほかのものは、《ナシ》黙々として、眠りを楽しんでいるもののように思われる。島も、《ナシ》浜べも、岩も、《ナシ》木も、人家も、《ナシ》工場も、みんな、しいんと静まり返っている。すべては平穏であり、すべては無事である。人の声《ごえ》も、犬の声さえも聞こえない。（第九章本文は初出、ふりがなの部分は初版、改訂版）

○突然、悪魔のうめきのようなポー《ポウウ》といううなり声が響いてきた。それはひと所からでは《ナシ》なく、同時に、あちらからも、こちらからも響いてきた。その響きといっしょに、やみを突んざいて、三条の白い光《光り》が、空に走った。（第九章―本文は初出、傍記部分は初版）

○悪魔のうなり声は、なお続いていた。そのうなり声のあいだを縫って、飛行機の爆音が聞こえてきた。（第九章―初出、初版、改訂版とも同一）

○まわりの焼け原には、いつのまにか、あちこちに畑ができていた。このごろは、トウモロコシ

の葉が、風にゆられて、カサ〳〵と悲しい音を立てている。（第十章）
○ほこりを含んだ、なま暖かい風が、すごい速さで、ふたりのあいだをぴゅうと吹きぬけて行った。（第十章）

③触覚的要素ならびに体に感じられるものの表現のすべて。
○朝の空気は非常に気もちがよかった。カミソリで、えりもとを軽くなでられるような、すっとした感じである。こんな気分を味わったことは、近ごろにないことである。（第一章）
○その単調なくり返しの中《なか》に、何かゆったりしたものがひそんでいた。動くもの、砕《くだ》けるものの中《なか》に、動かないもの、砕《くだ》けないものが、大きくからだに伝わってくる。（第一章―本文は初出、傍記部分は初版、改訂版）
○せわしないさざ波の音の中《なか》から、不思議に広《ひろ》びろとしたものを感ずるのである。（第一章―同前）
○それにしても霧の中《なか》で、じいっと目をつむって刃ものをといでいるこの老人は、なんというりんとした構えであろう。（第一章―同前）
○近づくと、はじき飛ばされそうなものを、あたりにただよわせていた。（第一章―同前）
○宇多はその真剣さにけおされて、この男にことばをかける気になれなかった。（第一章）
○その血みどろの中から、大きな変革が予想されているのだ。宇多はそのことを考えると、静かな海の向こうから、また、けさのような暗いものが、もく〳〵と迫ってくるような気がして、思わず目を伏せた。（第一章―本文は初出、傍記部分は初版、改訂版）

○幸ちゃんに金をせびられた時と同じように、水おちのあたりがしく〳〵して、そのしく〳〵のあげく、うちに入れることにしたのだろう。（初出、初版第九章）

○あま戸を一枚くると、海の風がさっと《静かに》流れこんできた。寝ぶそくの頭《あたま》には、ひどく気もちがよかったが、いかにも寒いので、丹前の上に、急いでオーバーを引っかけた。（第九章―本文は初出、傍記部分は初版）

○まっ暗の中《なか》に、何か生き〳〵したものが、うごめい《踊・・っ》ているように感ぜられた。（第九章―同前）

○動いているのは、そよ風と、波ぐらいなものだろう。ほかのものは、《ナシ》黙々として・《、》眠りを楽しんでいるもののように思われる。（第九章―同前）

○宇多は、《手すりにもたれたま、、》手すりにもたれたまま、《宇多は》《ナシ》夜あけの前の大気の中《なか》に立っていた。春とは言いながら、指さきがかじかむほど寒かった。（第九章―同前）

○秋にはいったとはいえ、南方からの風が吹いているせいか、歩くと、まだ暑かった。彼は乗車ぐちの所で立ちどまって、ハンケチで顔をふいた。（第十章）

○なんとも言えないものが、しいんと、胸にこみあげてきた。宇多は目がねをはずして、そっと曇りをふいた。（第十章）

○宇多は暗然として、空を見あげた。（第十章）

これらは相互に関連する場合があり、必ずしもこのように截然と区別し難い部分もあって、両者にまたがって採用したものもあるが、以上が、この作品における視覚、聴覚、触覚等の感覚について、枠組みの部分においても、為さんの独白の部分に対応するような、盲者の体験により近い感覚を登場人物に経験させることにより、両者が全くの異質なものではなく、関連の深いものであって、両々相俟って一体を構成するものとの意図のもとに、特に意識的にそれらを多用したということが充分に考えられる。

このことに関連して、早川正信氏は、主として改訂された第九章に関して、その「聴覚的」世界と「視覚的」世界について、次の如くに言及されている。

音の支配する、いわば「聴覚的」世界の描写部分であることが指摘できよう。この「聴覚的」描写は、（中略）宇多が真夜中に夢から醒め、暗闇の中で沈思する世界の描写の中にはめこまれていくのである。そうされることによって改訂第九章は、第一章（初版、改訂版とも）と相まって、視覚のさえぎられた世界、不可視的な傾向を、この作品の主なるテーマとして奏でるよう構成されて行くのである。このように見るならば、初版『無事の人』に感じられた、平和理論を啓蒙的に展開するという、批評子達に不平を鳴らさせた要素は稀薄となり、「暗闇」が支配した戦時下の世界と、「暗闇」の淵に生きるあんまの為さんの世界というひとつの共通したもの、すなわち、不可視的な要素を共有した人間の生きる姿を描くという大きな変容をなしとげているのである。[26]

更に早川氏は、「不可視的」世界の設定と密接に関わるものとして、有三のツワイクの『永遠の兄の目』の翻訳を挙げて、

有三は、ツワイクの作品のなかで出会った「暗闇」の中の自己観照の認識を軸にして、人生態度の指標として掲げた「坐り」の精神を確認したのであったろう。従って、「無事」に通ずる「無為」も、『臨済録』に表出されたそれを超えて、『永遠の兄の目』の劈頭に据えられた「聖薄伽梵歌　第四章」からの一節、「何を行為といひ、何を無為といふや——これ聖者も屢迷ひし所なり。されば人々は行為を見詰めざるべからず。また無為をも見詰めざるべからず——行為の本体は深淵なり。」（有三訳）における意味において、有三を強く捕えていたにちがいない。[27]

と論じ、更にはシュニッツラーの『盲目のジェロニモとその兄』にも触れて、

有三は、その主人公としてのヴィラータ（『永遠の兄の目』＝筆者）、ジェロニモ（『盲目のジェロニモとその兄』＝筆者）、そしてあんまの為さんのような不可視的世界に沈み、暗闇の淵にたたずむ者のなかに、常に明るみにある人間には到達しがたい、人間の生き方の根本に関わる尊い境地を、深い愛情をもって描き出していることにも注目すべきであろう。[28]

と指摘され、「『無事の人』の再評価も、こうした点をも視点に入れて行なわれるべきなのである。[29]」

と結んでおられる。誠に肯綮に中る御意見であり、筆者も全面的に賛意を表するところである。

ところで、宇野浩二は、先の「『無事の人』に事よせて」という文章で、有三の作品について、

> けつきよく、『ひがみ』根性、(あるひは、ひがみつぽい性質)、片意地、不遇な境遇にそだつた人間、それから、人をわけわからずにうたがう『たち』――この四つのもので、(この四つのものだけで)、山本君のほとんど全作品は、なりたつてゐる。それは、『一つおぼえ』という観《くわん》さへある。(傍線=筆者、以下同様)(中略)
>
> 山本君は、『ひがみ』根性(あるひは、ひがみつぽい性質)の人間を、いく人かは、書いてはゐるが、それ以上に、片意地な、(あるひは、強情な、)人間を、そのまた以上に、うたがひぶかい人間を、つぎからつぎと、書いてゐる。(中略)
>
> それは、(中略)こんどの『無事の人』の主人公にも、よく、といふより、どぎつく、出てゐる。

というように同じことを繰り返して指摘しているが、少くとも、この『無事の人』に関する限りは、傍線部分は当を得ているとしても、他の部分は全く見当はずれな、独断的な評言と言えるであろう。そのことは為さんの告白を精読することによって明らかに知られるところであって、宇野浩二の言う、他の二点については全く存在し得ぬものである。しかしながら、そのような宇野浩二であっても、同じ評論の中で、次のように言っている部分があり、これは『無事の人』だけに関する言及ではないが、有三の友人でもあった関係からであろうか、さすが炯眼と言える個所もないわけではない。

山本君の作品（おもに、初期の――といっても、今のべた、大正のをわり頃から昭和のはじめ頃《ごろ》――作品、たとへば、たびたび出すが、『海彦山彦』、その他）を、よんだとき、私は、すぐ、シュニッツレルの『盲目のジェロニモとその兄』を、おもひうかべたからである。もつとも、これは、私が、はじめて、（大正十年ごろか、）この『盲目のジェロニモとその兄』を、よんだのが、山本君の訳であつたかもしれない。しかし、また、山本君のいかなる作品も、『盲目のジェロニモとその兄』とは、似ても似つかぬものであるけれど、むかし、山本君が、一つの作品を、構想《こうさう》するとき、この『盲目のジェロニモとその兄』が、しばしば、『あたま』に、うかんだかもしれない、といふことだけは、まづ、はつきり、いへるであらう。

これは主として『盲目の弟』を念頭に置いてのことであろうが、他の作品を読んだ時にもすぐに思い出したと記しているので、必ずしも『盲目の弟』に限定されることではなく、他の作品にも及ぶものであるとすれば、やはりこれは、宇野浩二の一種の炯眼と称してよいものであろう。直接『無事の人』との関連については触れていないが、『無事の人』を論じた文章の中でシュニッツレルの『盲目のジェロニモとその兄』について論及したのは、この宇野浩二をもって嚆矢とするからである。

第七節　受容と作家の成熟・独自性

なお、最後に、この作品の『平和の条件』受容の具体相について、これまでに論じ残した部分を、有三自身の感慨を含めて表現した個所を引用することによって明らかにしたい。第三章の「安定」について論じた部分に、

1普通、安定というと、大きな岩か何かがどっしりとすわっているような状態をいうが、無論、それも安定にはちがいないけれども、そういうのは、どうも世の中の安定というたとえには、当てはまらないように思う。世の中は絶えず動いているのだ。一分間も休むひまなく動いているのだ。動いていながら、その動いているあいだに落ちつきを保つものでなくては、こゝにいう安定とは言えない。それは、ちょうど地球がすばらしい速度で回転しているのにその回転している事実を、だれも気づかないでいるようなものだ。地球は一秒間に約三十キロの、すごい速力で回転しているということだが、「あゝ、いま地球が動いている。」などと心配する人は、ひとりもない。万人が万人、ことごとく、なんの不安も持たずに、地球に身を任せている。およそ、これくらい安定した状態はないだろう。はげしく動いていながら、動きがちっとも目にとまらない。すっかり、つり合いがとれているのだ。多くの人は、安定というと、とかく動かない安定だけを考えるが、

実際には、動く安定、つり合いのとれた安定、コマがすわるように、すわる安定というものも存在しているのだ。すばらしい活動の連続！　これこそ、すわる安定、すわる安定への道ゆきだと言えよう。（第三章）

とあるが、これについては有三は、『無事の人』発表の二五年前の大正一四年七月に随筆「すわり」において既にこれと全く同じ見解を表明しており、これはカーの見解に同感したというよりは、カーが有三と同じ見解を示したことに有三が反応して、以前の見解を再びここに表明したものに過ぎない。有三は「安定」の典型として「コマ」だけを用いていたが、カーはそれに加えるに「自転車」をも持ち出している。そこが有三のいっそうの関心を惹くところとなり、同じ第三章の前掲文に引き続いて、

2この著者は絶えざる前進を主張しているので、こういうすわる安定を目ざして、自転車の例をとりあげたものにちがいない。そうだ、たしかに自転車の最も安全な状態は、走っている場あいである。前進している場合である。前後の車輪が威勢よく、くるくると回転している時が、自転車の一番安泰な状態であり、一番うつくしい姿である。車のまわり方が遅くなったら、車体はぐらつき、回転がとまったら、自転車は倒れてしまう。もっとも、壁や柱に立てかけてあるものなら、倒れはしないが、それは、いねむりをしている自転車だ。生きた世の中、生きた平和を捕えようとしている著者は、さすがに、とりあげる比喩も生きている。これなら、かけ声だけの平和ではなくて、すわる平和、きずきあげられる平和である。しかし、それだからといって、こういう安

定、こういう平和が、戦後すぐ実現するものとは思えないけれども、世界の安定とか平和とかいうものは、こういう形で進んでゆくのだろう、ということは考えられる。(第三章)

という如くに、「自転車の安定」の比喩に満腔の賛意を表している。しかしながらカーの説くそのような平和が、戦後すぐに実現するかどうかについては、有三は危惧の念を抱いている。しかしそのような方向で平和が実現して行くだろうことについては或る程度の可能性を認める発言となっている。このことは第九章において、その疑念を更に深めるような次のような発言となって現われる。

3 「平和の条件」の著書は、政治、経済から説き起こして、道義の危機を叫び、世界平和への構想を述べているのだが、もし、この意見が実現されたら、それこそ、世界はどんなによくなるかわからないと思う。しかし、これは単なる学者の説に過ぎないのだから、戦後、このような政策が実際に行なわれるかどうか、もとより疑わしい。内容が革新的であり、道義的であるだけに、一層、そういう気がする。「平和の条件」を読み終わった時には、深い感激を覚えたのであるが、さて、現実の世界をふり返って見ると、不安は依然として残っている。いったい、世界は、これからどうなって行くのであろう。それよりも、この戦争は、いったい、どういうことになるのであろう。(改訂版第九章)

「平和の条件」の著者の意見はそれなりに理想的なものとして望ましいものではあるが、果たして世界の現況として、このような施策が実際に行なわれ得るものかどうか。それよりも実際の当面の問題である日本の戦争の状況が今後どのような進展をたどるのか、その方が有三にとってはより痛切な問題として眼前に立ちはだかっている。そしてカーの説く「道義」の問題と関連して、人間界の他の分野においては進歩はあり得るが、道義や倫理に関しては何らの進歩もしていない、いやそれは進歩するというような性質のものではなく、それはそれとして、他にもっと大切な、もっと根本的なものがあるのではないかとして、次のように記す。

4 戦争はます〱大がかりとなり、人を殺す武器は無限に進歩しているのに、世の中の道義は、どうして進歩しないのであろう。哲学の本はたくさん出ている。倫理学の本もたくさん出ている。しかし、道義の念は少しも進んでいない。シャカやキリストが生きていた時代、ソクラテスが生きていた時代と比較して、さっぱり進歩していない。いや、彼らが生きたように生きた人は、ひとりもいないのである。それからもう二千年も、三千年もの歳月がたっているのに、そして、ほかのものは、どし〱すばらしい進歩をとげているのに、どうして正しく生きる道だけは進まないのであろう。あるいは、道義というものは、進歩するものではないのかもしれない。知識は進歩する。技術は進歩する。しかし、道義というものは、真理と同じように、進歩する性質のものではないのであろうか。それは、一つの問題である。古くして、しかも新しい問題である。けれどもわれ〱にとっては、もっと直接の問題がありやしないか。道義は進歩するものか、しないものかというよりも、もっと大事な問題がありやしないか。その問題こそ、人間にとっては、根

本のものであり、同時に、最後のものではないのか？（初版第九章）

として、そのもっと直接的であり、大事であり、根本的である、人間にとっての問題について、それが何であるかについては触れていないが、他の個所において次の如くに述べられており、それがその解答の一部をなすべきものと見られよう。

5人間が人間として産まれてきたからには、これなら死んでもいいというものをつかんで、そのために生き、そのために死ぬことが、一番、生きがいのある生き方であろう。かつては、主君のためにいのちをさゝげることが、日本では美徳とされていた。今日では、国家のために死ぬことが、はなぐ〵しいこととされている。ある時代、ある国によって、その道徳は、必ずしも一致してはいない。しかし、これなら死んでもいいという感激をもって、死のなかに飛びこんで行った人は、ある意味では、最も幸福な人と言えよう。ところが、現代では、戦争以外の場あいでは、それだけ人をひきつける精神的なものがないのだ。それが現代の最も大きな道徳的危機である。（同前）

と述べている。そして作者は、自己の作品の主人公である為さんの生き方と、カーの『平和の条件』の内容との関係について、次のように記し、一見何の関連もないように見えて、実は深い関連を有する筈のものであることに言及しようとする。

6為さんの話しと、「平和の条件」とは、なんのつながりもない。およそ、これくらい縁の遠いものはないだろう。一方は、有名なイギリスの政治学者である。一方は、名もない大工あがりのあんまさんである。向こうは、政治、経済から説きおこして、道義の危機を叫び、世界平和への雄大な構想を述べているのだが、こちらは、ほれてた女に目をつぶされたというような、たかがひとりの男の身の上ばなしにしか過ぎない。「無事」といってみたところで、それとても大半は個人的なもののように見うけられる。学者の意見は革新的であり、新しい民主主義の樹立をめざしているのだが、あんまの話しは、義理だの、人情だの、親かたなぞということばが出てきて、いかにも封建的なにおいがする。どこにも共通の点がないのに、どうして為さんの話しと、「平和の条件」とが、からまり合ったのだろう。たま〳〵同じ時に、「平和の条件」を読んでいたので、ふと、この本のことが思いだされたのであろうか。あるいは、「無事」ということが、「平和」と結びついたのであろうか。（初出、初版第九章）

このように、為さんの話しと、『平和の条件』とは、偶然に一緒になったかの如き書きぶりではあるが、その底にはやはり必然性のあるものであることを記していて、有三の四半世紀以前からの思想である「コマ」の澄んだ境地、その安定に関する見解と一致するものを、カーの『平和の条件』の中の見解の一部に発見したことから、有三はこれに多大の関心を示し、しかし他の点については必ずしも賛同するものではないが、「平和」ということに関しては全く異論の余地なく同調するものであり、有三自身、戦争中「平和」のための終戦工作に関係したこともあったくらいであるが、ここでは、為さんという一市井人の生き方が、「平和」そのものを目ざす、「無事の人」であったことが、有三に対してより一層『平和の条件』に執着させる要因になったものと思われる。それ故『平和の条件』は、この物語の枠組をなすものとして使われてはいるが、その本体をなす「為さんの生き方」を描いた『無事の人』の独白部分は、すでに四半世紀以前に身につけた有三の禅に対する理解の境地をそのままにあてはめ得る人物の表現であって、これは有三の人生に対する認識の一つの極致を示すと考えられるものであり、有三のこれまでの人生に対する考え方を、自分のすべての思想、知識、見解を投影した一つの具体例として描き出したものと見ることができよう。それ故、この作品の『平和の条件』による部分以外の個所はすべて、既に有三自身の思想の血肉と化したものによって構成されているのであって、「無事」、「柳緑花紅」などの禅関係に発するもの、エックハルトの言なども、すべてが有三自身のものとなっているものによって組み立てられているものであることを知ることができる。第九章において有三は、宇多の感慨という形を藉りて次の如くに語らせているが、これはこの作品全篇の意図を明瞭に示す最も重要な一節と考えられるものである。

7今、浜べにうち寄せている波は、いつからともかぞえられないほどの、遠い昔から、同じ調べを繰り返している。かぞえられないほどの、遠い昔から今日まで、同じ調べを繰り返している波は、じつに、のんびりしたものである。よくも、あゝ続《ナシ》くと思えるくらいである。単調ではあるが、屈託がない。おそらくは、自然のまゝに動いているからであろう。(もっとも、時には、おゝ波が打ち寄せたり、つなみが襲ったりすることもあるが、それは常のことではない。そして、それもまた、自然の一つのあらわれだと思うと、どこにも不服は言えない。自然には、たくらみがないからである。）自然には造作というものがない。たくらみがない。権力を振りまわしたり、利をむさぼるということがない（からである）。それで、いつも無事なのであろう。人の立ちまじらない所は、たしかに無事《いてい》である。人が飛びだすと、どうも《とかく》無事でなくなる。（この部分は傍書部分と、（　）で囲んだ部分が「改訂版」のみにあり、傍線部分は初版のみに存在する）

人間も自然のようになれたら、苦労はなくなるのであろう。自分のたくらみを加えないで、大自然の運行のまゝに、身をまかせることができたら、ひとりでに、無事ということになるのかもしれない。禅宗のほうでは、柳は緑、花はくれないということを言うが、これがきっぱり言い切れる人間になれたら、そういう境地に、はいれるのかもしれない。

しかし、柳の葉は緑に相違ないが、人間の世界では、緑がしば〳〵緑でなかったり、くれないが往々くれないでないことがある。いや、そういう見かたをするから、いつになっても、迷いが去らないのだ。自然がそのまゝに見られるなら、なぜ、人間界のことも、そのまゝに見ようとしないのだ。もっと目をすえて、現実を見つめろ。そう、言われるかもしれない。けれども、現実を見つめれば見つめるほど、そのなかにさま〴〵の不合理、不平等が目につくのである。自然界には、不合理、不平等はないように見えるが、人間の世界には、それがうよ〳〵あるのである。そういう不合理、不平等を、そのまゝにしておいていいのであろうか。なんとかそれを改めたい。

革新して行きたいということは、やはり造作なのであろうか。

現実にどんな問題が起こってこようとも、それをすなおに受けとってゆく。戦争が起こったら起こったで、それをじっと見すえてゆく。人間がかもしだした事がらであり、それが現実の姿であるからには、是非善悪を乗り越えて、そのありのまゝを、しかと自分の目の底にとゞめ、自分のはらわたに刻みこむ。どんなに苦しくとも、途中でごまかしたり、逃げだしたりしない。それが大慈大悲につうずる大道であるのかもしれない。赤や緑にまどわされないで、それがかえって、ほんとうの赤や緑をわきまえることになるのかもしれない。おぼろげに、そうは思えても、それに徹するだけの強いものは、彼のなかに固まってはいなかった。そうかと言って、革新に身をゆだねるには、彼の年齢、彼の健康が、それをゆるさなかった。結局、彼のようなものは、「考えるアシ」、いや、風にふるえるアシの葉に過ぎないのかもしれない。（初出、初版第九章）

この後半の記述にも拘らず、有三自身は第二次大戦の終戦工作に加わっており、その成果は、彼自身次の如く極めて謙遜した形で語っているように、現実には殆ど見るべきものはなかったかと思われるものではあるが、しかし彼は決して手を拱いて何もしなかったのではなく、できるだけのことはしたものと思われる。

8ある政治家は、それを「ツルのひと声」と呼んでいた。そのひと声さえあれば、必ず国内の収拾はつく。戦争を終結させることができると、その人は去年から言っていた。宇多は政治に関係の

> ない男であるが、ニュースを知りたいところから、いつとはなしに、それらの人々とも、時おり、会う機会を持っていた。それで、今のような論も聞いていたのであるが、彼としては、できるだけ天皇をわずらわしたくないと思っていた。ことに、S内閣ができてからは、時の総理は、十年まえに、暴徒のために、一時いのちを断たれたことのある人であるから、今度はいのちをないものにして、事に当たってもらいたいと、ひそかに希望していた。しかし軍人出身の老総理でも、こういう容易ならぬ問題は処理できなかったものと見えて、ついて聖断を仰ぐ、というところまで行ったものらしい。（初出、初版第十章）

ということで敗戦となり、この文の前半の山本有三の終戦工作に関する努力も終ることになるが、戦後の復興に関する貢献は更に続くことになり、そのことはのちにも描かれるところであるが、そのことはここでは措くとして、前掲文7の後半に描かれた部分が、これまでに有三の到達し得た人生観、世界観の一端であって、これを具現してくれる者としての為さんの登場ということになるのである。従って為さんは単に有三の作品の一登場人物としてその作品を飾ってくれるだけというような端役として、またはその一作品のみの主人公として存在するというようなものではなく、有三のこれまでの人生観・世界観を端的に表現してくれるものとして創作された、有三作品の登場人物の中では極めて重要な地位を占める人物、というよりは、有三その人の代弁者でもあるという点で、有三作品の最終的な主人公とも称すべき人物である。このことに関しては、先にも言及した如く吉田精一も「山本有三の人生観を煮つめたものである。[30]」と論じているし、また山本文学の長年に亘るよき理解者であり、また優れた解説者でもある滑川道夫氏も、「『無事の人』は、これまでの作品の集約的決算でもあり、有三自身の人生行路の到達度を示した作品といえよう。[31]」と述べている。

以上論じて来た通り、この作品にはカーの『平和の条件』を初め、禅の思想、或はエックハルトの言など、さまざまな先行思想の影響と思われるものが指摘される。しかしそれらのすべては、この作品を構成する要素として新たに発掘されて用いられ、利用されたというようなものでは全くなく、有三の長い生涯において身に付け、単なる知識としてではなく、既にその血肉となって、有三の人生観・世界観を形成していたものが、たまたま為さんという格好なモデルを得て、有三自身の思想を具体化することのできた作品であって、有三にとっても快心の作と言うべきであり、その長い作家生活の掉尾を飾るにふさわしい作品であったと言ってよいであろう。

このようにこの作品は表面的には多くのものを受容して成立したもののように見られるが、実はそれらの背景をなす思想はすでに長年月にわたって有三の中に蓄積され、その血肉と化したものが、為さんという人物を通して自然に流露したものであって、たくらんで作られたものというよりは、期せずして成ったもの言うことができ、有三の資質が一生をかけて蓄積し累積されて来たものがようやくに発露したものである。従ってそれは単なる受容というようなものではなく、有三の資質とその長年の研鑽努力の結果が血肉となって結集し、有三という独自な個性を形成したのであって、その独得な個性からおのずと生まれ出づべくして生まれ出たのがこの作品である。それ故、そこには何の無理もなく、また少しの力みもないのであって、ごく自然な有三の自然体のすべてが出ているものであり、何らかの受容というような狭い息苦しいようなものではなく、山本有三のすべてを放出した極めて開け拡げな伸びやかな作品となっている。作家の資質と努力の蓄積とがこのような成熟を齎らして、その結果が、これほどまでに明るく解放的な作品となって結晶したのであって、有三が最後にこれを成し遂げ得たことは、当然なこととは言え、また同時に誠に悦ばしいことと言わなければならない。

注

（1）(30) 吉田精一「解説」山本有三―人と文学（新学社文庫版『路傍の石』昭和四三年一〇月初版、新学社）

（2）『無事の人』の典拠(1)参照。

（3）『無事の人』の典拠(3)参照。

（4）山本有一「父と子」（旺文社文庫版『兄弟・ふしゃくしんみょう』一九七九年二月一五日初版、旺文社）所収。

（5）山本有三の本文の引用で、大文字で書かれたものは改訂版の本文を示し、その傍に小さな文字でルビのように表記してあるのが初出並びに初版の本文であることを示す。このことは以下の引用のすべてに適用されるものである。

（6）『昭和史全記録』（一九八九年三月五日第一版、毎日新聞社）の記述による。

（7）（14）（15）　新潮社版『山本有三全集』第12巻「編集後記」中の「無事の人」の解説。
（8）　大正一二年八月の『東京朝日新聞』紙上に発表した「錯覚」という文章の冒頭で、有三は、「私は強度の近視眼である。左が三度半、右が五度半である。（今日ではもっと強い。）」と述べており、それから四半世紀以上を経過した、『無事の人』の執筆された時点では、さらに進んでいたものと考えられる。
（9）（23）「山本有三とS・ツワイク―『永遠の兄の目』翻訳の意味―」（『山本有三の世界―比較文学的研究』昭和六二年一〇月二五日初版、和泉書院）所収。
（10）（12）『近代日本総合年表』（一九六八年二月二五日第一版第一刷、岩波書店）の記述による。
（11）　この事実については、太平洋戦争の最中であったため報道管制が敷かれ、詳細は報道されなかったので、現地の人以外は知ることはできなかったのである。
（13）　――半としほど前に引っぱり出されたんです、自分は行って見て、驚きました。鉄砲もなけりゃあ、玉もないんです。まいんち、土ほりばかりやらされてました。（初出、初版第十章）
（16）　新潮社版の『無事の人』初版の出版年月は、その奥付によると、昭和二十四年十月二十一日印刷昭和二十四年十月二十五日発行となっているので、この「十一月」という表記は誤りであり、「十月」というのが正しい。
（17）　宇野浩二「『無事の人』に事よせて」（「人間」昭和二四年六月号）所収。
（18）　新潮社版『山本有三全集』第12巻「年譜」参照。
（19）　為さんの子供は戦死し、為さん自身は地震で死亡する。宇多の家も戦災で一部焼失するし、六さんは召集されるが、幸いにして無事復員することができる、等のことを通して。

(20) 為さんの話しと、「平和の条件」とは、なんのつながりもない。およそ、これくらい縁の遠いものはないだろう。一方は、有名なイギリスの政治学者である。一方は、名もない大工あがりのあんまさんである。向こうは、政治、経済から説きおこして、道義の危機を叫び、世界平和への雄大な構想を述べているのだが、こちらは、ほれてた女に目をつぶされたというような、たかがひとりの男の身の上ばなしにしか過ぎない。「無事」といってみたところで、それとても大半は個人的のもののように見うけられる。学者の意見は革新的であり、新しい民主主義の樹立をめざしているのだが、あんまの話しは、義理だの、人情だの、親かたなぞということばが出てきて、いかにも封建的なにおいがする。どこにも共通の点がないのに、どうして為さんの話しと、「平和の条件」とが、からまり合ったのだろう。たま〳〵同じ時に、「平和の条件」を読んでいたので、ふと、この本のことが思い出されたのであろうか。あるいは「無事」ということが、「平和」と結びついたのであろうか。（第九章初出）

(21) 有三の随筆「芸術は『あらわれ』なり」中の一節。

(22) 『無事の人』の技法の特色については、拙稿「山本有三の小説における物語的文体―短編小説『こぶ』と中編小説『無事の人』」（『国語論究』第三輯「文章研究の新視点」、平成三年五月、明治書院）で詳説しているので、参照されたい。本書の第八章はこれに若干の改訂を加えたものである。

(24) 心を何処に置かうぞ。敵の身の働きに心を置けば、敵の身の働きに心を取らるるなり。敵の太刀に心を置けば、敵の太刀に心を取らるるなり。敵を切らんと思ふ所に心を置けば、切られじと思ふ所に心を取らるるなり。（中略）何処にも置かねば、我が身に一パイに行きわたりて、全体に延びひろごりてある程に、手の入る時は手の用を叶へ、足の入る時は足の用を叶へ、目に入る時は目の用を叶へ、其の入る所々に行きわたりてある程は、其の入る所々の用を叶ふるなり。万一、もし、一所に定めて心を置くならば、一所に取られて用は欠くべきなり。思案すれば思案に取らるる程に、思案をも、分別をも残さず、心をば総身に捨て置き、所々に止めずして、其の所々に在りて、用を外さず叶ふべし。心を一所に置けば、偏に落つると言ふなり。偏とは一方に片付きたる事を言ふなり。（中略）唯一所に止めぬ工夫、是れ皆修行なり。心をばどつこにも止めぬが、眼なり。肝要なり。どつこにも置かねば、どつこにもあるぞ。心を外へやりたる時も、心を一方に置けば、九方は欠くるなり。心を一方に置かざれば十方にあるぞ。

(25) 荒正人「山本文学の意味」（高橋健二編『山本有三』近代文学鑑賞講座19）（昭和三四年三月初版、角川書店）所収。

(26) 早川正信「『無事の人』論―『臨済録』からツワイクへの回帰―」（『山本有三の世界―比較文学的研究』所収）一四一ページ。

(27) 同一四七ページ。

(28)(29) 同一四八ページ。

(31) 旺文社文庫版『兄弟・ふしゃくしんみょう』解説「作者について」。

(付) この論文に引用した山本有三の文章は、『無事の人』の初出が「新潮」昭和二四年四月号、初版が『無事の人』（昭和二四年一〇月、新潮社）によるほか、翻訳は、岩波書店版『山本有三全集』第10巻（昭一五年一月）に、それ以外は、すべて新潮社版『定本版山本有三全集』（昭五一年六月～五二年五月）の本文によった。

付記　有三の中短編小説における登場人物名・会社名等の変更

『兄弟』は、弟の名前のみが「真ちゃん」として出て来るだけで変更はない。
『子役』は、登場人物の全員の姓名が変更されている。
台本作者―志村永介↓古賀永次、舞台監督―福住↓福地、子役の父親―扇之丞↓千昇、子役―扇芝↓千若、座頭―扇車↓千車
『チョコレート』は、登場人物全員の姓名の変更が行われている。
主人公―圭一↓恭一、大学同窓生―宮部↓宮川、熊田↓土肥、愛国紡績専務―藤岡↓山田
『瘤』は、登場人物の大半の姓名と会社名、商店名、建物の名称の変更が行われている。
小使―又蔵↓栄蔵、専吉のいとこ―長二↓長治、東洋精工専務―河喜田↓喜多、人足―為公↓常こう、亀↓秀、源作の伜の職業―旋盤工↓布織工、会社名―錦華紡↓日華紡、足利紡↓鐘紡、東株↓新東、商店名―桝藤↓三河屋、建物―化学館↓研究所
『不惜身命』は、行為者の姓名が、他者の姓名に変更されている場合がある。
中村市右衛門の槍の相手―高橋左近もしくは岡田淡路守↓石谷十蔵、十蔵の説諭者―辻忠兵衛太郎助↓柳生又衛門宗矩
『無事の人』は、変更の暇がなかったか、その必要性を感じなかったか、変更が行われていない。

第八章　山本有三の中短編小説における一元写実

第一節　はじめに（戯曲作家から小説作家へ）

山本有三（一八八七―一九七四）は初め戯曲作家として出発している。その作品総数は、随筆、評論、翻訳、詩歌、推薦文、他人の著書への序文等の文章を除くと、戯曲二二篇、シナリオ一篇、ラジオ・ドラマ一篇の戯曲的作品二四篇、短編小説四篇、中編小説二篇、長編小説六篇の小説作品一二篇、他に読物とも称すべきもの三篇等の作品を残している。そしてそれらは、多少の交錯はあるにしても、戯曲から小説へと創作の種類の移行していることが見て取れる。しかも作品数としては戯曲が圧倒的に多く、小説の二倍もあるにも拘らず、六篇の長編小説が新聞の連載小説や婦人雑誌に連載されたものでもあり、当時の国民の一般的風潮に適合したものでもあったため、一躍一世を風靡する大ベストセラーとなって迎えられ、有三はその時から戯曲家であるよりは小説家として有名になってしまった。しかしながら、小説家としては、その芸術的価値において、現在においては、長編小説よりはむしろ中・短編小説に、より高い評価が与えられているのが現状である。

ここでは、それらの六篇の中・短編小説の中から、その表現形態において、有三の作品中においても特異なものと考えられる、一元写実の特徴を強く有する二つの作品、短編小説『こぶ』と中編小説『無事の人』の二篇について、その写実的表現の特徴をできるだけ明確に解明することにしたい。

戯曲は上演を目的に書かれる演劇の脚本ないし台本であって、主としてト書き（登場人物の出入りや動き、場面の情況、照明・音響効果などを指定する書き入れ）と、せりふ（会話）とによって構成される作品である。そのうちト書きは極く一部に過ぎず、九九％が会話で構成されるといって過言ではない。会話のみで作品を構成するということは極めて不自由なことである。これを小説に比べると、小説は、説明や描写などを自由に駆使することができ、必要に応じて会話も用いることができる。従って会話はその作者や作品の性格に応じて比較的多用される場合もあれば、極く僅かしか用いられない場合もあり、極端な場合には、全篇これ説明と描写のみによって成り立っているというようなものさえ存在し得る。これに対して戯曲は、九九％が会話で、一％程度の説明や描写に当たるト書きしか使用できないのであるから、その不自由さには相当なものがあると言えよう。しかしながら、その不自由さの中で、逆にその不自由さを一〇〇％活用することによって創作する（その制約を克服するところに、独得の面白さをもつ）のが戯曲であると言えば、それはそれまでで、それが戯曲本来の性格ではあるが、小説等に比べる時、やはり表現上の不自由さというものは相当にあり、従って他の表現上の諸形式を存分に活用して表現し得る文学形式にあこがれるということはあり得よう。それ故戯曲家で小説を書く人は比較的多いし、また逆に小説家で、不自由な表現形式を敢て取ってまで戯曲を書こうとする人も、必ずしも少なくはない。

山本有三の場合、戯曲から小説に転じたについては、表現上の不自由さというような文学上の理由によるものではなく、むしろ経済的な理由が大きな原因をなしていると言われている[(1)]。が、それはとも角として、戯曲作家から小説家に転じた有三の小説には、以前の戯曲家としての影響が少なからず見受けられることは事実である。一般に会話の多いことなどはその顕著な特徴である。例えば、短編小説で言えば、最初の小品『兄弟』も三分の一は兄と弟の会話で構成されているし、『子役』に至っては二分の一が会話で構成されているばかりでなく、全体の三分の一近くが連続した二人の会話のみで成り立っている。『チョコレート』の場合も、全体の半分以上が会話の部分から成り立っている。このように、短編小説の殆どは、会話が際立って多いという意味において、極めて戯曲に近い要素を持ったものと言い得るであろうが、その中にあって、これから取り上げようとする『こぶ』のみは、それらの三篇とは相当に異なった要素を持ったものとして注目される。

第二節　短編小説『こぶ』の表現の特徴

『こぶ』[2]の場合、全体の半分近くまでが会話によって費やされているという点のみから言えば、他の三篇の短編小説の場合と大差はないように見受けられる。が、その他の点においては、それらの三篇とは若干異なる点がある。これは他の短編とも共通する要素であるが、作品全体が、主人公である専吉という一人物の内面のすべてが表現されることである。専吉の心理というか、その思考を通して作品が進展させられるところが、この作品の、他の作家の作品とは大きく異なる特徴である。昭和初期の不景気の時代に、主人公は親子二代にわたる長年の夢を実現して、小さな店を持つことができた。しかし、それも束の間で、長引く不景気によって忽ち倒産してしまい、失業の身の上となる。その後、八方就職運動をした結果、幸運にも五〇人の競争者の中から選ばれて、ある計器会社の小使いに採用されることになる。小使いは三人いて、源作というのが古株で、栄蔵というのが専吉より半年ほど前に入っており、専吉が一番新米である。ところが古株の源作が一昨日仕事中に自動車にはねられて重傷を負い、現在は入院加療中である。いつもはその源作が、一番いやな便所掃除の仕事を栄蔵か専吉に押しつけていたのであるが、今日は栄蔵が専吉にそれを押しつける。僅か半年そこそこ入社した時期が早いというに過ぎず、しかも年齢は専吉の方が十二、三歳も上である。専吉にしてみれば、こんな青二才にと、腹の虫はおさまらないのであるが、こんな若い者を相手に口争いをするのも年甲斐がないと思う一方、入ったばかりでそんなことをして、首になるようなことになってはと思うと、何事も辛抱しなければならないと考えるのであった。作品はそんな場面から始まる。(3)

「はいよ。――」

と、日当でも渡すような口調で、栄蔵は便所のバケツとぞうきん押しを、専吉の前に突き出した。専吉のくちびるが少しふるえた。しかし、彼はそのほうへ、いやでも、手をのばさないわけにはいかなかった。

なんという意地の悪いやり方だ、と専吉は思った。何もバケツとぞうきん押しを、突き出さなくたっていいじゃないか。そんなまねをしなくても、「おまえさん、すまないが、きょうは便所をやってくんないか。」そう言ったんで、すむことだ。「はいよ。――」って言いぐさがあるものか。

このように、作品は冒頭から、専吉の目に入るもの、耳に聞えること、そして、それに反応する専吉の意識や意志のみを通して描かれて行く、いわゆる客観描写というものは一切存在しない。入ってくるもろもろの情報に対する主人公の反応と、意識的な行動と思考のみが描かれ、それ以外のいわゆる作者が客観的な情景を描写したり、判断を加えたり、というようなことは全く存在しない。すべては専吉という主人公の判断により、その口、その意識を通したもののみがそのまま記述されるという形式になっている。昔のことを語るにしても、すべてはその主人公の思い出に蘇ったことのみが記される。例えば、便所掃除をしている主人公は、次の如くに思い出す。

　便所そうじの時に限ったことではないけれども、不浄場にはいると、専吉は、よく、あのことを思いだす。なんだってこんな話を、と思うのであるが、実際、不思議に浮かんでくるのである。それは、彼がまだ九つか、十ぐらいの時のことだ。そのころ、彼の住んでいた町に、転任になってきた検事のむすこがあったが、小学校で机が隣り同士だったのと、来たてで、ほかに友だちがなかったせいもあったので、彼は時おり、専吉のうちへ遊びに来ることがあった。ある日、専吉のところで遊んでいた時に、「便所、どこ?」と、その子が言った。専吉はすぐ便所を教えてやった。むすこは戸をあけて中にはいったが、はいったと思うと、いきなりバタバタと飛び出して来て、

「これ、どうしてやるんだい。」

と、おかしな顔をして尋ねた。

「どうしてって?　あたりまえにやればいいんだよ。」

「あたりまえって、できやしないじゃないか。」

「できないことはないよ。どうしてそんなこと言うの。」

「だって……」

と、そのむすこはもじもじしていたが、「もう一つのないの。」

と、おっかぶせるように問い返した。「もう一つって？」

「そら、立ってやるのさ、学校のみたいに。」

「そんなのありやしないよ。ああいうのは、学校か停車場だけじゃないか。」

専吉は本当にそう思っていた。おとこ便というものは、学校とか、停車場とか、そういった大きなところにだけあるもので、個人のうちには、決してないものだと信じていた。

「そんなことないよ。ぼく、こういうの、できないや。」

投げるように言い捨てて、検事のむすこは、急いで自分のうちに駆けて行ってしまった。

専吉は悲しかった。何か自分が気にさわったことをしたので、友だちに帰られてしまったあとのような、なさけない心もちがした。

と記されていて、その翌日、検事の息子から、「専ちゃんとこみたいの、イッケツ（一穴）ってんだってね。」と言われ、子供心にも侮辱に耐え切れず、全身がふるえる思いをする。家に帰って早速両親に、立ってできる便所をこしらえてくれと頼むが、父親には取り合って貰えず、母親には、お父さんにはそれよりも大きな望みが、お店を持つという何よりの願いがあるのだから、それはこの際がまんして貰わなければ、と慰められるばかりであった。その両親達は、遂に店を持つという希望を達することなくこの世を去ってしまい、専吉自身も現在男便所のない家に住んでいる始末である。そのことが専吉の思い出を通して蘇り、その両親の悲願をようやくにして達して店を持つことのできた専吉であったが、その夢も束の間に崩れ去って、現在の身の上になったことが続いて回顧される。

このように、すべては主人公である専吉の意識を通してのみ記述されるわけで、主人公の判断がすべてであり、それ以外のものは第三者の意見として会話の中に提出されるのみに過ぎず、しかもそれについての判断も、すべてが主人公に委ねられていて、是非善悪正邪のすべてについて、第三者の容喙する余地の全くない形で現実は進行して行く。

主人公の専吉は次のような信念の持主である。「辛抱する木に金がなる」。そして何事も辛抱第一であり、辛抱して実直に働いていさえすればいつかは必ず運が開けて来る、と信じて努力する人間である。その意味でこの主人公は素朴な人、そして善意の人以外の何者でもない。

小説は四つの章から構成されている。第一章はこのあと、便所掃除をしている専吉に、用を足しに来た庶務課の事務員が、今度の源作の事故の一件で語りかけ、専吉がそれに答えて語るという、二人の会話の場面をもって終わる。

第二章は、便所掃除を続けながらの専吉の心中の思惟の描写によって続いて行く。専吉の唯一の楽しみは、新聞の相場欄を見て株の架空の売買をすることである。以前番頭をしていた時分に、店の主人や出入りの商店主などが株の取引をしているのを見聞し、自分も新聞の相場欄に関心を持つようになり、資金はないので実際の取引はできないが、自分の心の中だけで、ある特定の株を売買することによって、実際の損得はないが、その株が上がれば儲けたような気分になり、何となく楽しくなるのであった。その後、一時資金を投じて実際に株の売買をしたこともあったが、損をしたためにやめて、その後はまた心の中での架空の売買にもどり、現在では新聞も購読できないような身の上のため、社内の掃除の折に拾った新聞を利用して試みるので継続的というわけには行かず、たまたま手にすることのできた新聞によるため、その値の上がり下がりはその時の新聞次第ということになるのであったが、それでも、目を着けていた株が上がっていると嬉しく、逆に下がっていると、本当に損をしたような気持ちになって落胆するのだった。その日も拾った新聞によってそのような道楽をし、やがて掃除を終わって小使室に戻ると、工場の誰かが来ていて、栄蔵と二人で専吉の噂をしていた。専吉が入って行くとその男はすぐに出て行ってしまったが、そのあと、栄蔵は専吉に向かって、昨夜源作の息子たちが専吉の家へ頼みに行かなかったか、という話から、二人の間に会話が始まり、息子たちが専吉に有利な証言をして呉れるように頼みに来たが、専吉は、自分は確かに源作と一緒に仕事はしていたが、重い材木をかついでいたので、そのことに一生懸命で、前の方を注意して見てはいなかった。それ故、材木を投げ出す大きな音に驚いて前方を見ると、源作が材木を放り出して倒れているのが目に入った。しかし、源作が自動車と衝突した瞬間は目撃することはなかった。事故の起こった直後のことは見て知っているが、事故が起こった状況は分らない、というのが専吉の言い分である。それに対して栄蔵は、一緒に仕事をしていてその状況が分らないということはあり得ない。よしんばその瞬間は目撃していなくても、同じ労働者として有利な証言をしてやるのは当たり前ではないかと言う。しかし専吉は、実際見てもいないものを見ていたように言うことはできない、見ていないものは見ていないのだから、その通りに正直に言うほかはない。従って息子たちの頼みも断ったと言う。栄蔵は、知っているくせに言わないのは仲間に対する裏切りだと言って、危うく喧嘩になりそうになった時、小使室の呼出しのベルが鳴り、専吉が庶務課へ行くと、庶務課長からじきじきに、もし警察から証言を求められるようなことがあったら本当のことを言って貰いたい、いい加減なことを言って貰っては困る、と言われ、専吉はそれに対して、大丈夫です、本当のことを言いますから、と答えて帰るところで第二章は終わる。

従ってこの章は、前半が株の架空の売買に関する専吉自身のこれまでの経験の回想と、掃除をしながらの目の前の新聞を見ての、株の値の上がり下がりを楽しむ心中が、専吉の意識を通して記され、後半は主として栄蔵と専吉、そして庶務課長と専吉の会話の内容が専吉の立場から記述される形になっている。

第三章は、くたびれて帰った専吉が久しぶりに酒を飲もうとして娘に買いにやらせた時、いとこの長治がやって来る。彼は専吉が失業していた頃、就職について骨を折って呉れたことがあるので、専吉はそのお礼の意味も込めてその酒で接待する。長治は源作の息子が会社の同僚で、そのために頼まれて源作に有利な証言をして貰うように、専吉に依頼しに来たのである。長治は、仲間としてお互に味方同士助け合うために是非有利な証言をしてやって呉れと言う。それに対して専吉は、かつて自分が失業中、道路人足に出ていて、親方から給料に贋札を渡された話をし、親方に取り替えて呉れるよう頼みに行くと、親方から逆に妙な言いがかりを付けて給料の二重取りをしようとする太いやつだと、張り倒されたばかりでなく、そばにいた仲間の人足までが、とんでもない野郎だと寄ってたかって撲り付けた話をして、同じ労働者が味方であるどころか、反って仲間をいじめる敵のようなもので、会社でも上司は優しくしてくれることはあっても、いじめるようなことは決してないが、同じ労働者の方にこそ、仲間をいじめるようなことばかりする者がいると言う。それに対して長治は、その話の贋札をつかまされた専吉が、今度の場合の源作と同じような立場なのだから、何とか同情して、源作に有利な証言をしてやって呉れないかと頼むが、専吉は相変わらず、見ていないのは事実なのだから、それを偽って見たかの如くに証言することはできないと主張する。遂に長治は諦めて、それではこの話はやめて、〝景気のいい〟うちの酒を振舞って貰おうと言い、接待されてほろ酔い機嫌で帰って行く。専吉もすっかり酔って、今日の酒はばかに量が多かったようだと言うと、女房は、着物を質に置いて、催促に応じて次々に追加したのだと言う。就職のことで世話になったことでもあるし、あなたもお銚子お銚子と言うものだから止むを得ずにしたのだと。それを聞いて専吉の酔いはいっぺんにさめてしまう。そして長治の言った〝景気のいい〟という言葉を思い出し、長治が、自分がこのように毎日晩酌をしているものと思い込み、しかもたらふく飲んでいるらしい、それについては会社から口止め料でも貰っているのではないか、と思ったのではないかと思うに至って、居ても立ってもいられない気持ちになり、思わず家を飛び出してしまうところで第三章は終わる。

このように、第三章は殆どが専吉と長治の会話によって占められ、最後が僅かに専吉と女房との会話と、専吉が自ら自身の置かれた立場に気付く構成になっている。しかもそのいずれの場合も専吉の主導によるものであるが、特にその前半の部分は専吉の一人舞台のような形になっていて、専吉が専らしゃべり、長治はむしろ受け身の聞き役になっていて、しかもそこには専吉自身の人生観のようなものが、色濃く披瀝される内容となっている。それは、例えば次のような発言の中に典型的に現れる。

当節の人っていうと、なんでも会社が悪くって、職工がいいんだ。金もちが悪くって、貧乏人がいいときめている。しかし、わたしゃそうとばかりは限らないと思うね。世間じゃ、重役が使用人をひどく使うようなことを言うけれど、そいつはまるであべこべだよ。正直な話、上の人はわたしたちに対して、ことばも丁寧だし、無理な用なんか言いつけたことはありゃしない。わたしたちをこっぴどく使ったり、いやな用事をさせたりするのは、いつだって下っぱの連中だよ。わたしたちと同じなかまの者が、一番わたしたちにひどいことをするんだよ。

このように、専吉は自分の経験したことや体験を通して、自分なりの社会や対人関係についての確固たる信念を持っており、それは第三者から見ると、狭い、片寄った見方だと批判されるようなものであろうとも、専吉にとってはそれは真実であり、紛れもない現実であって、それ以外の何物でもないと固く信じて疑わない。そのような信念が主人公である専吉自身の口を通して表現されるのが、この第三章である。

第四章はその翌日のことが描かれる。前夜、とんでもない誤解をされ、会社に買収されているかの如くに思われてはたまったものではないと、思わず家を飛び出した専吉であったが、長治の所へ言ってそんな言い訳をするわけにも行かず、なすこともなく引き返した彼であったが、翌日会社に出ると、源作の話が出るたびに、疑われるようなことはしていない旨の自己弁護めいたことを言うのであった。しかし、誰も専吉の話を聞いてくれる様子はなく、専吉は一人寂しい思いをするだけであった。

その日は遅番だったため、帰りは夜の九時であった。帰り道、彼はまた株の架空の売買について、きのうの新聞で見て買うことにした東電の株が、きょう帰りに庶務課で見た夕刊によると、一円五〇銭も下がっていることが分かった。しかし彼は少しも驚かず、これは必ず引き返し、上がるに決っている。もう少し気長に持ち続けよう、などと考えながら、家の近くの暗い横丁を曲ろうとした途端、後から腰の辺をいやというほど蹴とばされ、よろよろと前のめりに倒れたところを、頭からオーバーのようなものを被せられて、二、三人の者にポカポカ殴られたり、蹴られたりした。存分に打擲を加えた後に彼等が逃げ去ったあと、彼は立ち上がろうとしたが立ち上がれないくらいであった。顔を見ることはできなかったが、相手がどういう連中であるかは推測できた。こんな乱暴なことをするようなやつこそ訴えるべきだ、と彼は思ったが、我慢して家に帰った。その晩は体が痛んで一晩中眠れなかった。彼は床の中で、酷いことをするのは、重役ではなくて、自分たちのような下っぱのやつらであることを確認し続けた。翌日も痛みは引かず、彼は会社を休もうかと思ったが、このくらいのことで欠勤すれば成績にかかわると思って、痛みをこらえて出勤することにした。頭にできたこぶを隠すために帽子をかぶり、頭に響かないように、そろそろと歩いた。朝の冷たい風が帽子の間から入り、こぶに沁みて、削がれるように、ひりっとした。というところで第四章は終わり、この作品は完結することになる。この最後の場面が、この作品の標題となったところの所以のものである。

第四章は全体が極めて短い分量であり、しかも、ここには会話は全く用いられず、今度の事件に対する専吉自身の自分の立場に対する不安感と、心中での株の架空の売買、そして突然の暴漢による襲撃、それに対する専吉の反応、そして翌日は痛みをこらえ、自分の成績のことを心配し、相当に無理をしてまで会社に出て行こうとする、専吉自身の姿が、すべて専吉の内心を通して描かれるのみであって、その他には、外面描写も、第三者的な説明や解説なども、一切存在しない。

以上見て来たように、この『こぶ』という作品は、山本有三が、意識的に、纏まった会話の部分以外は、すべてこの作品の主人公である専吉自身の目を通し、その意識を通して、見るもの、聞くもの、感ずるものを、その主人公の反応のままに、そのまますべてを記述するという形を取っており、いわば作品の主人公にすべてを語らせるという完全な独白の形式を取っているのであって、主人公の見ないもの、聞かないもの等の、関知しないものについては全く触れないという、超越的視点を全く用いることなしに、この作品を構築しているのであって、そうすることによって、作者は、小説創作のための他の有力な表現手段である、描写や説明や解説などの諸々の方法を使って表現する以上に、この方法が、この作品の主人公の境遇や考え方や生き方を表現するのに有効であると考えて、敢てそのような表現方法を取ったものと思われる。従ってここには、作者のこれまでのすべての長編小説や、その他の中・短編小説に採用された方法とは異なる、特異な、主人公をして直接に語らしめるという、他に話者がいて語るというのではなく、作品の主人公自身が直接語るという、特殊な独白表現を意識的に採用したものであることを見て取ることができる。

『こぶ』は、昭和九年という、閉塞された当時の社会を背景に展開される、市井の底にある庶民のあわれさを表現したものであって、主人公の専吉は、社会の仕組みや時代というものに対して全く無知である。自分の不幸が何によってもたらされているものであるかを知ることはできない。そして時代の風潮に流され、封建的な意識から脱脚できないでいる、全く歯がゆいと言っていい程の善人である。山本有三は、こうした人物の盲従性をさりげなく描き出すことによって、権力や経済力の横暴さを描き出そうと意図したものと思われる。と同時に、専吉は弱く無知な男ではあるにしても、しかしその反面において、彼なりに、自分が正しいと信じたことは、何が何でも曲げずに押し通すという、頑固な気質を持っており、そのことが反って彼の悲劇を招いているとも言えるのであって、山本有三は敢てそういう人物を描き出そうとしたものと考えられる。(4) 何となれば、有三の過去の作品の中においても、何人となくそのような人物が登場しているし、またこれから論じようとする『無事の人』の主人公である「為さん」もまた、そのような人物であるからである。しかしながら、そのような人物は決して特異な、滅多に存在しないような人物ではない。青野季吉も指摘しているように[5]、「専吉は素朴な現象主義者であり、経験主義的である。その上また彼はいまもいつたやうに懐疑主義者である。」しかしながら、当時の評者の一人が「われ〱のまはりには専吉がごろ〱して居り、われ〱の中にも専吉がゐるのだ」というが如くに、専吉のような人物は、我々の周囲にいくらでもいるし、我々自身もまた専吉のような人物であることも充分にあり得ることなのである。山本有三はそのような典型的な小市民像を、この作品において見事に創造し得たものと言えよう。

このような創作や記述の問題に関連して、有三は「芸術は『あらわれ』なり」という随想[6]の中で次の如く言及している。この節を締めくくるものとして誠に適切な文章と考えられるので、その一節を引用して、この小論の第二節を終わることにする。

芸術はそちらの問題でなくて、こちらの問題である。外物を自分に同化して、さらに自分のものとして、輝かしだすことである、と私は言った。すなわち、自然をありのまゝに模写するのでなくて、自分が自然を表象してゆくのである。あるものを写すのでなくって、あるべきものを描きだすのである。芸術は創作であるというのは、まさしくこの意義でなければならない。それゆえ芸術上の創作は、つまりは主観の上に立つものである。けれども、注意しなくてはならないことは、創作は主観的のものだからといって、いたずらに主観に走り、ひとりよがりになって、実在性を失うようになっては、たいへんだということである。

こゝは最も危険なところであって、ともすると作家の陥りやすい、どろ沼である。芸術は自分のものにすることだと、私はくり返し述べてきたが、こゝに至って、この問題は、いよ〳〵容易ならぬ働きであることがわかってきた。すなわち、自分のものに転回するその力のいかんによって、ひとりよがりの芸術にもなれば、それを切り抜けることもできる。必然性の流れるものにもなれば、流れないものにもなるからである。従ってどう消化するか、どう組織するか、これが何より大事なことである。そして、それをどう消化するか、どう組織するかは、一にかゝって作家の問題である。

第三節　中編小説『無事の人』の表現の特徴

『無事の人』は、昭和二四年四月号の「新潮」に発表された。目次によると二二〇枚とあるので、四百字詰原稿二二〇枚、字数にして約八万八千字程度の作品であることが判る。全十章から成り立っている。続いて同年一〇月に新潮社から単行本として出版された。その時も全十章から成る初出のままの形態のものとなっている。ところが、その後、昭和二七年九月に刊行された『山本有三作品集』(7)

（全六巻、昭二七年三月〜二七年九月、新潮社）中の『無事の人・生きとし生けるもの』に至って改訂され、全十章のうち、最後の第十章は完全に削除され、第九章はもとの第九章の一部はそのまま生かし、その他の部分を書き改めて、丁度もとの第九章の半分の分量に短縮して、第九章で終らせている。その後の版もすべてその第九章までの短縮された形のものとして刊行されているので、ここではその改訂された『無事の人』を対象に論ずることにする。

この作品は、高橋健二氏も指摘されている如く、(8) いわゆる額縁小説、枠物語（Rahmenerzählung）と呼ばれる形式の作品になっている。一応の主人公と考えられる宇多という知識人と思われる人物が、愛知県の蒲郡の旅館に泊まり、そこで為さんというあんまと知り合い、その身の上話を聞くという形式になっていて、その内容の殆どは為さん自らの語りによる身の上話となっている。その構成は、第一章と第九章が、宇多の視点によって記述され、これが全体の枠組みをなすものとなっており、第三章は、湯ぶねにつかりながらの宇多の、E・H・カーの『平和の条件』という本を読んでの感想が宇多自身の想念を通して記され、同時に風呂番の口を通して、宇多に向かっての為さんの身の上についての語りがなされる。この部分だけが第三者の口を通しての為さんの身の上に関する言及であるが、それも風呂番の知る限りの事実を風呂番自身の口を通して語らせるのみであって、風呂番の見聞以外に一歩も出るものではなく、客観的描写や説明にわたるようなものはなく、全知的視点、全能的視点に類するような表現は全く見られない。残りの第四章、第五章、第六章、第七章、第八章の連続する五章が、全篇、これ為さんによる身の上の語りとなっている。全体の構成から言うと三分の二が為さんの語りということになるが、実際の分量から言うと、全体の四分の三が為さんの語りに費されており、残りの三分の一が宇多の見聞や感慨に費されているに過ぎず、しかもその四分の三の為さんの語りを、あんまをして貰いながら宇多が聞く、という形式になっていることからすると、この作品における主人公は、一見宇多のように思われるが、それは形式上だけのことであって、実際上の主人公は為さんとするのが至当と考えられる。またこの作品の時代設定は、現在を太平洋戦争下の昭和一九年の年末に近い頃とされているが、為さんの語りに出て来る、為さんの活躍した時代は、それより二十数年前の関東大震災前後ということになっている。

第一章は、朝の散歩に出た宇多が旅館の裏口から帰ろうとして、昨夜のあんまによく似た盲人らしい人物が刃ものを研いでいるのを発見し、帰って女中からそれが為さんという昨夜のあんまであることを確認する。為さんはもと大工だったので、盲目となった現在でも刃ものを研ぐ腕は抜群だと言う。宇多は女中に為さんに来て貰うように頼むが、他の客に呼ばれていていないと言うので、止むなく読みかけの『平和の条件』を読み続ける。このように、第一章は宇多の散歩の場面と女中との会話、そして『平和の条件』という本を読んでの感想とから構成されている。しかしそのいずれを見ても、主人公の目を通し、耳を通して受容されたもの、その心に感じられたもののみが表現されるという形となっていて、最初の自然描写の場面にしても、例えば次の如くに記される。

霧の中からさざ波の音が静かに聞こえてくる。彼は久しぶりで海のしらべを聞いた。しかも、それが深い霧の中から響いてくるので、ひとしお趣きがあった。ザブウッ、ザブウッという単調なくり返しではあるが、その単調なくり返しのなかに、何かゆったりしたものがひそんでいた。動くもの、くだけるもののなかに、動かないもの、くだけないものが、大きくからだに伝わってくる。

「海はいいなあ。」

彼は、そう思わないではいられなかった。海のながめは、すっかり閉ざされているにもかゝわらず、せわしないさゞ波の音のなかから、不思議にひろ〲としたものを感ずるのである。彼は海のほうに向かって、大きく深呼吸をした。

宇多の『平和の条件』を読みながらの感想も、宇多の心を通して次の如くに記述される。

今、国民は、この戦争をたゝかい抜こうとしている。いや、たゝかい抜くことをしいられている。しかし、たゝかいが済んだら、どうするのだろう。たゝかい抜くなどと言っても、日本はもう息ぎれがしているのだ。このまゝではとても勝てるとは思えない。よし、仮りに勝ったとしても、それで、すべてのかたがつくものではない。この本の著者が言っているように、戦争は、むしろ次のしばいの幕あきなのだ。しかも、この次の幕は、今の戦争よりも、もっと重くるしいものにならないと、だれが言えよう。まだ読みだしたばかりだから、よくわからないが、著者は戦争のあとに、一種の進歩的革命？　を予想しているもののように思われる。第二章は為さんと宇多との会話に終始し、会話でない部分は次の個所のみである。

　中やすみのあとでは、為さんは余りしゃべらなかった。宇多も、もんでもらっているあいだに、うつら〳〵として、口をきくのも、ものうくなってきた。そのうち、おなかの上に電気をかけられたような、気もちのいい振動が伝わってきた。それはヴァイヴレーターをかけた時の感じと、よく似ているが、それよりも、もっとしんのほうに、しみとおるものだった。

「いい気もちだね。それ、なんていうやり方？」

　天国の温泉にでもつかっているような、甘い夢ごこちのなかから、宇多はほのかに口びるを動かした。

　しかし、なんの答えもなかった。

　彼は重ねて問い返さなかった。問い返すには、あまりにいい気もちにひたり過ぎていた。彼はそのいい気もちのなかで、いつのまにか、すや〳〵と眠ってしまった。

　翌日もまた、退屈しのぎに為さんを呼んだ。肩の凝りはだいぶ取れていたので、療治よりは、為さんの話のほうに、興味を持っていた。

の如くに、宇多の気持の良さや為さんの身の上話に興味を持ったことを、宇多の口を通して記すのみであり、このあとまた二人の会話が続き、その最後は次のような短い宇多の回想によって結ばれている。

　背なかをもんでもらっているので、宇多には為さんの顔を見ることはできなかった。しかし、彼の目の前には、きのう、霧のなかで刃ものをといでいた、あの張りのある、りんとした姿が、絶えず浮かんでいた。

第三章は、前半が、宇多が入浴中に、現在読み進めつつある『平和の条件』という書物に書かれていることに触発されて、自らの思索を押し進めていく状況が宇多の内心を通して表現される。

　ことに、おもしろいと思うのは、世の中の安定を「自転車の持つ、あの安定」ということばで表現していることである。普通、安定というと、大きな岩か何かがどっしりとすわっているような状態をいうが、無論、それも安定にはちがいないけれども、そういうのは、どうも世の中の安定というたとえには、当てはまらないように思う。世の中は絶えず動いているのだ。一分間も休むひまなく動いているのだ。動いていながら、その動いているあいだに落ちつきを保つものでなくては、こゝにいう安定とは言えない。それは、ちょうど地球がすばらしい速さで回転しているのに、その回転している事実を、だれも気づかないでいるようなものだ。

というような感慨がこの前後に続き、後半は風呂番が登場して、宇多の背中を流しながらの、為さんについての情報提供が風呂番と宇多との会話の形で、風呂番主導で行なわれる。

次いで、第四章から第八章までの連続した五章は、全篇これ為さん一人の独白によって終始する。

ここには宇多のことばは一言もさしはさまれてはおらず、宇多の問いに答えてのことではあろうが、表面上は宇多の問いかけは全くなく、すべては為さんが問わず語りに、自らの数奇な運命を語る独壇場となっている。

第四章の冒頭は次のように始まる。

……へえ、今夜はもうおしまいですとも。なあに、そんなこたあかまやしません。遅くなったって、そんなこたあ常のこってすから、だんなさえかまわなけりゃ、こっちはなんでもござんせんが、……どうも、その、身の上ばなしってやつにゃあ、弱りましたね。なんたって、わっちらの話なんてえものは、ろくでもねえ事ばかりなんで、だんなの前で、しゃべれるようなもんじゃござんせん。この目をやられたことだって、とてもあなた、バカ〳〵しくて、お話にもなんにもなりゃあしません。それに、今さら言ってみたって、どうなるこってもござんせんし、……い、え、けして話し惜しみをするわけじゃござんせんが、――そうですか。――そういうわけのもんでござんしょうかね。だんながそうおっしゃるんなら、それじゃあ、何もかも、洗いざらい、お話いたしましょう。どうかあとで、お笑いになっていたゞきます。

というように語り始め、東京の深川の生まれで、父親は芝居の道具方だったが、道楽者で、ろくに家に金も入れないような状態だったので、母親が内職に精を出して自分を育ててくれたこと、しかしその母親が為さんの十一の時に亡くなり、父親はそのあとへ飲み屋の女を引きずり込み、為さんはその義母に散々にいじめられ、そのため小学校の尋常科を終えた十二歳の春に、大吉という大工の頭領に弟子入りする。そして初めての藪入りの日、喜んで家に帰ると、両親は近所に借金をして夜逃げをしてしまっており、父親の勤めていた芝居小屋へ行って見ると、この方にも大きな不義理をして行方をくらましていた。泣く泣く頭領の家へ帰って来ると、頭領は、これからはここを自分の家と思え、心配することはねえと慰めてくれる。それからは為さんは頭領の家を自分の家と思い、今まで以上に精を出して励んだ。そこへ、おかみさんの甥に当たる幸ちゃんが弟子入りして来て、為さんは幸ちゃんと競争して仕事に励む。大工の年季は徴兵検査までで、あと一年がお礼奉公ということになっていたが、それがすんでも為さんは大吉から離れなかった。幸ちゃんはちょくちょくあそびに出かけるようになるが、為さんは真面目に暮している。そのうち頭領の姪のお菊さんがやって来て、幸ちゃんと夫婦養子にしたい頭領の算段であったが、幸ちゃんはお菊さんを嫌い、相変わらず遊びに耽っていた。そのうち幸ちゃんがお得意様の金を使い込んだことが判明し、おかみさんは養子にはできないと言うが、頭領は好きな女がいればそれと一緒にさせればいい、金を使い込んだのもそのためだろうからと、洲崎の女郎を身うけして一緒にさせ、養子とした。一方、為さんにはお菊を貰ってもらえないかということで、為さんもお菊さんと結婚して、頭領の家の近くに所帯を持つことになる。そこまでは万事順調に進んだことが為さんの口を通して知らされて、第四章は終わる。

ところが、第五章に入ると、一転して悪いことが続く。頭領がぽっくり亡くなり、続いて一年もたたぬうちに為さんの女房のお菊さんが子供を生み、産後のひだちが悪くて死んでしまう。乳飲み子をかかえて途方に暮れている為さんを、幸ちゃんの女房のあねごが世話をしてくれ、貰い乳までして育ててくれる。そればかりでなく、一人では不自由だろうからと、為さん親子を大吉の家で世話をしてくれることになる。幸ちゃんは頭領が亡くなると、またあそびを始める。女房のあねごは勝気な性質で、それに対して嫉妬の素振りも見せない。あそびに金を使うために職人の給料の出し惜しみをするため、大吉には職人も寄りつかなくなる。為さんは何とか大吉のためにと夜鍋作業までする。そこへあねごがドビンに酒を入れて励ましに来る。運悪くその現場を久しぶりに帰って来た幸ちゃんに見られてしまう。為さんは自分達が大吉で世話になっていることが悪いと気付き、自分の家に帰る。しかしその後もあねごは子供の世話に通ってくれる。間もなく関東大震災で、あねごが足を骨折する。駆けつけた為さんがあねごを背負って接骨院に行く途中、女の家から帰って来た幸ちゃんと出会う。そんなことから二人の仲は一層気まずくなるが、それよりも震災の復興の仕事をめぐって、このどさくさに大儲けをしようとする幸ちゃんと、真面目な仕事をしようとする為さんとの間に決定的な衝突が起こる。第五章の最後は次の場面で終わる。

「大きにお世話だ。へん、おめえは働きもんだよ。親切づらあしやがって、人のかゝあのあとばかりねらってやがる。」――えゝ、だんな、こういうことを言ったんですぜ。いゝえ、それだけじゃござんせん。わっちがお菊をもらったのも、親かたにごまあすって、手に入れたんだ。夜なべするのも、夜なべにかこつけて、あねごを張ってるんだって、こう、ぬかしゃあがるんです。わっちも、もう、堪忍袋の緒が切れたから、「こん畜生、言うことにことを欠いて、何をほざきゃあがる。」って、立ちあがったんで、けんかになりました。大おかみさんがしんぺえして、とめにへえる。あねごもびっこを引いて飛びだして来る。お〻騒ぎになりましたが、こ〻まできちゃあ、もうおしめえでさ。それでわっちも、とう〳〵大吉を出るようなことになっちまいましたんで。……

このように、物語は、直接目の前にいる宇多に向かって為さんが一対一の対話の形で、しかし宇多は一言も発言せず、為さんが一方的に語りかける形式で進行する。第六章に入ると、大吉を出た為さんは、しばらく以前の同僚であった達ちゃんの所に世話になっていたが、やがて復興景気で大工は引っぱりだこの状態で、仕事はいくらでもあるしということで、独立して一軒の家を持つようになる。ある晩、家に帰ると、大吉のあねごが家に来ていた。訳を聞くと、初めのうちは口を濁していたが、そのうちに、実は家を出て来たのだ、家の人がとうとう女を家へ引きずり込んで来たので、我慢できなくなって飛び出して来たんだ、だから邪魔かもしれないが置いといておくれというのであった。為さんは、それはできない、そんなことをすれば今まで疑われていたことが本当になってしまう、それは幸ちゃんに対しても世間さまに対しても顔が立たない、どうしても置いて置く訳には行かないと言うと、女は私は天涯孤独の身で、どこにも行く所がないと言うので、やむなくその晩は泊めて、翌朝、出がけに今日は大吉へ帰って呉れるように頼んで仕事に出掛けるが、帰って見るとやはりあねごはいる。為さんは最後の手段として、自分は近々再婚するかも知れない、そういう話が進行中なんだと話すと、あねごは突然険しい顔になって、あんたはそういう人だったのか、それなら私は出て行く、と言って、為さんの子供に別れを告げて出て行こうとする。その場面を為さんは次のように語る。

　こんなに子どもを可愛がってくれてるのに、これを追い出さなくちゃならねえというなあ、なんたる因果なことかと思いました。きのうだって、あなた、足がまだほんとに直っちゃいねえのに、あっちこっち、駆けずりまわって、子どものすきなものを、おもちゃだの、お菓子だの、しこたま買いこんできてるんでさ。とても産みの親だって及ばねえこってすよ。だから、ガキのほうも、「おばちゃん、おばちゃん。」って離れねえんです。いくら子どもだって、これがつうじねえわけはござんせんからね。なにも、あねごに悪いところがあったわけじゃねえ、悪いことのあるのは、ほかのやつなんだ。女郎あがりにはちげえねえが、しろうとにゃ見られねえ、いいところもある女なんだ。これほど思ってくれてるのに、これほど子どもを可愛がってくれてるのに、それをそでにするなあ、男みょうりがつきる。世間でなんと言おうと、えゝ、かまあねえ、いっしょになっちめえ、正直な話し、わっちは、ちょっと、そんな気にもなりました。だが、かんげえてみると、あねごは幸ちゃんにって、親かたが身うけをした女でさ。わっちに身うけをしてくれた女じゃござんせん。たとえ幸ちゃんがどうであろうと、それをわっちが横どりしちゃあ、どうも死んだ親かたに申しわけが立たねえ、わっちはなんでも親かたに引っつけて、ものをかんがえるたちだもんですから、そう思うと、こゝまで、ことばが出かかったが、とう〱こらえちまったんで、へえ。……

　そのようにしてあねごは出て行き、第七章では、予定通り達ちゃんの妹との祝言もすみ、しばらくすると、大吉から祝いの一升樽が届く。早速一本つけさせて飲むと、変な臭いがするので一本でやめて寝てしまう。ところが翌日には起きられず、目も霞んで見えない。すぐ眼科に入院して手を尽すが一向にはかばかしくなく、目は見えないままで退院せざるを得なくなる。酒には毒が入っていたので、達ちゃんに大吉にかけ合って貰うが、大吉では、為さんの再婚のことも知らず、まして酒を贈ったというような事実のないことも確かのようで、警察にも訴えたが、犯人の目星も付かない。めくらになっては大工仕事はできないので、達ちゃんのはからいによって、達ちゃんの田舎へ厄介になることになる。それがこの蒲郡の近所だったのである。東京を発つ時、達ちゃんがあねごの死んだ噂を告げる。悪い酒に当たったとのことであった。それを聞いて、為さんは今度の事件があねごの仕組んだ無理心中であったことを知る。自分も、もう一本も飲んでいれば死ぬところであった。そのことを語って、為さんは次のように締め括る。

　へゝへゝ。こんなめに会ってながら、こんな話ができるってのも、今だからなんですよ。なにしろ、もう古いこってすからね。その当座は、「あのあまっちょめ。」と、どのくれえ恨んだかわかりません。……だが、まったく、ばかな話なんで、どうもこんなこたあ、はずかしくて、ひと様にゃあ話しができませんよ。酒と両の目だまの取っけえこをしたまぬけは、広い世間にも、そうはござんせんでしょう。これというのも、飲むからだと思いましてね。それからってものは、ふっつり酒を断つことにしました。目がつぶれてから、そんなことをしたって、おそまきのトンガラシでござんすが、まあ、げす（下司）のちえって、こんなもんでございますよ。

第八章は為さんのあんまになった前後の告白で、女房の父親の勧めで近所の薬師に願をかけて毎日通うが、満願の日が来ても目は開かない。住職に話すと、寺に来いと言う。為さんは寺で飼い殺しになるくらいならあんまになると言う。住職はそれで目が開いたのだ、あんまになるがいいと言い、自分は若い頃医者の学校に行っていたことがあるから学科を教えてやる、実地は町の師匠に習いなさい、ということで、一年半の修業で試験にパスして、あんまを開業することになる。挨拶に行った時、住職は「おまえさんも、だいぶいろいろなことがあったが、これからは、無事の人になんなされ。」と言ってくれる。禅宗の僧侶だったのである。それから二〇年、為さんは誠心誠意、あんまとしての修業につとめ、真面目に働き続ける。ところが、為さんが聴診器を使ったと警察に密告され、営業停止処分を受けることが起こる。為さんとしてはお客さんの体のことを思い、念を入れて、針を打つ前に聴診したのであったが、それが医師法違反に引っかかったのである。為さんにしてみれば、仕事に精を出したがために営業停止処分をくうことになり、少しも無事ではない。頭領の所にいた時分も、仕事に精を出すと、親かたにごまをするだの、親かたのめいをねらっているだのと陰口をきかれ、夜鍋をしていると、あねごを張っているととられる。世の中はあべこべなものだと、為さんはつくづく述懐する。

　事のねえように、事のねえようにと思ってながら、なんか起こってくるってえなあ、おかしなこってすね。働いてたら、無事ってことにいかねえもんですかね。

このように話し、明日は宇多が東京に帰ると聞き、自分も東京に行って見たいと思うが、めくらの身ではそれも叶わず、どうぞ御無事でお帰りになりますようにと挨拶して、一夜の長い身の上話を終えて帰って行く。

　第九章は、為さんが帰ったあと、床に入った宇多が、夢を見る。その夢の中で、今読みかけている『平和の条件』の一節が耳に入る。

「……世の中で人間の到達しうる唯一の安定は、コマもしくは、自転車の持つ、あの安定である。……安定な状態というのは、絶えまのない前進である、という逆説的な教訓を、われ〳〵は学ばなければいけない。」

　眼を覚した宇多は、雨戸をくって外を見る。そして暗闇を通して、海や島や浜辺や岩や波の音などを感じ、

　自然には、たくらみがないからである。権力を振りまわしたり、利をむさぼるということがな

いからである。それだから、自然に対すると、おのづから心がなごむのであろう。人の立ちまじらないところは、たいてい無事である。人が飛び出すと、とかく無事でなくなる。だが、それだからといって、人のいない世界がいいとは思えない、（中略）ひとたび、人間が地上にあらわれた以上、人間のいない、自然だけの世界なぞというものは、もう考えられない。けれども、人類が発生してから、すでになん十万年もの歳月がたっているというのに、どうして人間は、こうも進歩しないのであろう。知識は進歩した。技術も進歩した。さま〴〵な発明、発見があり、生活の向上があったといっても、人類の今日の、このありさまは、なんということであろう。

と思っていると、

突然、悪魔のうめきのような、ポーというううなり声が響いてきた。それは、ひと所からではなく、同時に、あちらからも、こちらからも響いてきた。その響きといっしょに、やみを突んざいて、三条の白い光が、空に走った。

宇多は急いで、あま戸を締め、明かりを消した。

悪魔のうなり声は、なお続いていた。そのうなり声のあいだを縫って、飛行機の爆音が聞こえてきた。

と、空襲警報発令の合図と敵機の爆音とともに、この作品は閉じられている。従って、このあと為さんの運命がどうなるかについては全く触れられていないが、この結末が決して明るいものでなく、極めて暗いものであることは、為さんの運命を暗示しているものととることができ、事実、改訂以前の初出・初版においては、為さんは、空襲ではないが、当時あった東海大地震によって間もなく命を落していることが記述されている。

　このようにしてこの作品は終わるのであるが、前にも述べた通り、最初と最後の章が主人公宇多の視点から記述され、第二章が宇多と為さんとの対話から成り、第三章がE・H・カーの『平和の条件』に関する宇多の想念と、為さんの身の上話に関する導入となる風呂番と宇多との会話とから成り立っているほかは、他の五章はすべて、事実上の主人公と目される為さん一人の語りによって展開される。これは山本有三の特に意識しての手法であって、作品内容をよりリアルに、現実そのままに感じさせるために、というよりは、むしろあるべき現実を描き出すための工夫であって、このような形式や表現方法の採用は、『こぶ』における実験を、より一層発展・徹底させたものであり、その工夫は見事に成功していると言えるであろう。先にも引用した「芸術は『あらわれ』なり」の他の個所において、有三は次の如く述べている。

> いったい文学の本質は、あらわすというより、あらわれるものではあるまいか。あらわそうとする時、それは私心がある。書こうとする限り、それは卑しい。書こうとか、あらわそうとかいうたくらみを絶して、書かざるを得ざるに至った時、初めて尊い。それは腹の中でできあがって、すっかりその人のものになってしまい、奔流が自然のいきおいでセキを切るように、どうと流れ

出るものでなくてはならない。人はこれをインスピレーションと称してもよい。人格の後光と呼んでもいい。いやでもおうでも表現に高まってゆく、その真実心をいうのである。これにはもう、ひとりよがりや、小主観はない。ほとばしるべくしてほとばしり出た、必然の流れがあるのみである。

芸術上の創作は、是非ともこの力からほとばしり出るものでなくてはならない。しかもこの力は、無理に押し出そうとしても、そうつごうよく出てくるものではない。その人におのずからあらわれてくるものであって、全く独自のものである。それゆえ、インスピレーションは、人格のほとばしりと称しても差しつかえがない。

芸術があらわすものであるなら、作家は苦しい。しかし、芸術があらわれるものである時、それは非常にらくなものとなる。自然に奔流するものであるからである。従って必然的に流れ出るものゆえ、どこにも無理は起こってこない。川の流るゝがごとく、よどみなく流れてゆく。こゝにおいて、はじめて芸術は自由である。けれども、誤解のないようにいっておかなければならないことは、芸術はあらわれるものだからといって、たゞあらわれるのを待っているばかりでは、いつになったって、なんにもあらわれてくるものではない。いな、あらわれきたるものであればこそ、人としては一層努力しなければならない。芸術としては、らくに出ることを願うけれど、らくに出ることを願うだけに、生活の上では、一層苦労しなければならない。人間ができない以上、本当の芸術が生まれるはずはないからである。

と論じているが、ここで論じられている如く、有三はその作品内容を完全に自分のものとしているばかりでなく、その形象化においても、その方法においてのみならず、その形式においても、自らの理論に忠実に、しかも完全と言える程にそれを自由に実践しているのであって、有三はその生涯の最後の作品において、自らの芸術理論を余すところなく実現して、快心の作の一つを完成することができたと言ってよいであろう。

第四節　まとめ（新技法としての一元写実）

以上、『こぶ』と『無事の人』における山本有三の写実的記述の特徴について論じた。

『こぶ』の場合は、主人公専吉の目や思考を通してすべてが記述され、登場する主な副人物としての小使いの栄蔵や友人の長治、それに女房は、会話を通してのみ自らの意志や見解を表明することができるだけであって、それらもすべて専吉の取捨し、受容する限りにおいて生かされるのみで、すべては専吉に委ねられ、その思惟と言動を通してのみすべては表現される。

『無事の人』の場合は、形式上の主人公とされる宇多の思考や感慨が、最初と最後の章において宇多自身の心情として表現され、第二章において、宇多と為さんの間に、第三章において、宇多と風呂番の間に、それぞれ対等の形で会話が交わされて、それがそのまま忠実に記録されている。そして第四章から第八章までの連続する五章は、全篇為さんの独白によって占拠されており、その中に登場する、頭領、幸ちゃん、あねご、住職なども、すべて過去における為さんと対話を交した相手として、現在の為さんの告白の中に出て来るのみであって、その言動も為さんに受け取られた限りにおいて生かされ、存在したものとして語られるに過ぎない。為さんの五感を通して感じられ、受容されたもののみが、為さんの思惟、判断を通して濾過されたものとして記述される。

このように、この両作品とも、その表現形態において若干の相違はあるにしても、大筋においては、主人公自身の思惟や感慨が、本人の心中そのままに記述され、他の登場人物の心情や意向が表明されることはあっても、それは会話という形式を通してのものであり、しかもそれは、その対話を交した主人公によって受け取られ、取捨され、良かれ悪しかれ、その主人公の心情によって濾過された形のものとしてのみ記録される。このような表現形態は、小説の表現形式の主要な形態である、描写や説明や解説などの有力な表現手段を意識的に排除したものであって、有三は敢てそのような表現手段を放棄することによって、それらの方法を用いたよりも、更に現実的な、——有三自身の言葉を借りるならば、「あるものを写すのでなくて、あるべきものを描き出す」[9]作品を創作することができるのだと考えて、それを実践したものと思われる。有三はまた言う。「創作は主観的のものだからといって、いたずらに主観に走り、ひとりよがりになって、実在性を失うようになっては、たいへんだ」、「いやでもおうでも表現に高まってゆく、その真実心（＝インスピレーション、筆者）をいうのである。これにはもう、ひとりよがりや、小主観ではない。ほとばしるべくしてほとばしり出た、必然の流れがあるのみである。」[10]という言葉からすると、有三としては、特に意識して用いたというよりは、自然に生まれるべくして生まれ出た必然的な方法の採用と言うべきものであろう。

一九世紀以前の小説は、会話以外に、作者は作品中に自由な描写を行ない、説明を加え、自らの意見を開陳するほか、全能の神の如くに作品世界のすべてを知り尽し、これを読者に知らしめるという立場を取って来た。いわゆる超越的視点といわれるものであって、全知視点、全能視点とも称されるものである。二〇世紀に入ると、このような視点は現実にはあり得ないものであり、従ってこのような視点に立つ小説等は現実性を与え得ないもの、リアリティーを欠くものとして排除され、新しい方法の開拓が模索され続けて来た。いわく〝意識の流れ〟の技法などはその最たるものであり、無意識の世界までをも描こうとするのが現在の小説の新しい技法であり、分野でもあるとされている。

山本有三は、しかし、そこまで行かなければ、真の人間世界の真実が現実のものとして描き出されないとは考えず、従来の技法を用いても、充分に現実世界を表現し得るものと考えて、それまでの体験を踏まえ、その中から主人公の心中と思惟と、登場人物間の対話を主体に、しかもそれを、その中心となる一人物の心中を通してのものとして記述するという方法によって、小説の表現形態に二〇世紀的な新しいリアリズムを、現実表現の新技法を開拓したものと言えるであろう。『こぶ』や『無事の人』に用いられた方法は、そのようなものとして高く評価される必要がある。特に『無事の人』の事実上の主人公に盲人を選んだことは、単なる偶然ではなく、意図的なものであって、その成功に一層の拍車を加えたものと称してよいであろう。(11) 有三の技法は、泡鳴の「一元的描写論」が主人公（＝泡鳴）自身の記述であるのに対して、主人公の体験した現実のみを、何らの趣向を交えることなくそのままに記述したものであることに相違がある。

注

（1）岩波版『山本有三全集』第一巻「月報」、吉野源三郎「戯曲から小説へ」。新潮社『定本版山本有三全集』第四巻「編集後記」、高橋健二「有三と新聞連載小説執筆の経緯」。
（2）この作品に限って戦後版の本文に基づき、『瘤』を『こぶ』と改題した外、登場人物名や会社名も異った版のものを用いた。
（3）山本有三の本文の引用は、すべて新潮社『定本版山本有三全集』による。
（4）創元社版『山本有三作品集』第五巻、阿部知二「解説」。
（5）青野季吉「文芸時評―山本有三の『瘤』」（「中外商業新聞」昭九・一一・二八）
（6）初出『文芸雑感』（『人間』大正一〇年五月号）、のち現題に改題。
（7）『山本有三作品集』という名称の選集は二種類あり、新潮社版（全六巻、昭二七・三〜二七・九）と創元社版（全五巻、昭二八・二〜二八・八）とがあるが、ここでは前者をさす。
（8）新潮社『定本版山本有三全集』第12巻「編集後記」、高橋健二「無事の人」。

(9) 「芸術は『あらわれ』なり」の中の一節。

(10) 注(8)に同じ。

(11) 『無事の人』については、単にその形式や技法、表現性についてばかりでなく、それらをも含めてこれを総合的に考察したものに、拙稿「山本有三の中編小説『無事の人』研究」(「高崎商科短期大学紀要」第三号、平成二年一二月、本書第七章所収)がある。尚、早川正信著『山本有三の世界―比較文学的研究』(昭和六二年一〇月二五日初版、和泉書院)中の「『無事の人』論―『臨済録』からツワイクへの回帰―」参照。

あとがき

最初に、この書に収めた諸論文の初出について記す。
第一章から**第六章**まで『高崎商科大学紀要』第二六号（平成二三年一二月）
第七章『高崎商科短期大学紀要』第三号（平成二年一二月）
第八章 佐藤喜代治編『国語研究3 文章研究の新視点』（平成三年一〇月）

戯曲や長編小説を除いて、山本有三の中短編小説に筆者が多大な関心を抱くに至ったのは、木更津工業高等専門学校在職中に、他高専の同志と計らって高専の学生のための国語・文学の教科書として、『現代の文学』を編纂した時以降のことである。

昭和二四年の学制改革によって、従来の国立旧制高等学校や国立旧制専門学校（主として三年制）は、同一県所在のものを統合して、一県一校を原則とする国立新制大学に昇格してしまった。そのため、技術者を養成する旧制高等工業学校（旧制工業専門学校）が消失してしまい、二年間の前期教養課程と二年間の後期専門課程に分離した工学部卒業生では、専門教育が充分でなく、即戦力として役立たないとの産業界の要望に応えて、旧制工業専門学校に対応する新制工業高等専門学校（五年制）が設立され、五年間一貫して専門教育を施す学校が誕生した。従ってその卒業生は大いに歓迎され、どのような不景気の時代でも就職率百％を誇るような状況であった。そのような恵まれた状態の学生で、就職の心配のない環境にあるにも拘らず、有三の短編『チョコレート』――不景気下の就職難をめぐる友情の物語であるこの作品は、学生たちの同情を博し、大いなる関心を持ってくれて、好評な教材となった。

このことから、筆者は有三の他の中短編小説にも目を向けるようになった。短編四篇、中編二篇というようにその数は少いのであるが、それぞれは全く異る内容のバラエテイに富んだ作品であった。筆者はこれを精読した。折しも角川書店が『日本近代文学大系』を刊行することになり、その中には『久保田万太郎・山本有三集』が含まれ、しかもその「山本有三集」には、『坂崎出羽守』『同志の人々』の二戯曲の外に、短編『瘤』と中編『不惜身命』の二篇が含まれていることを知った。そしてその担当者は、お茶の水女子大学の浅井　清氏が予定されていることをも知り得た。そこで筆者は不識の間柄ではあったが、直ちに浅井氏を訪ねてこの仕事に協力させては頂けないかと願い出た。すると意外にも浅井氏は、君一人でやられたらどうかと、全面的に筆者に執筆を委任して下さったのである。筆者は感激し感謝して帰宅すると直ちに調査を開始した。

底本には、初出を収めた最初の単行本である『瘤』を採用し、その所載の本文を用いることにした。

書店指定の方針に従って作業を進めたが、『瘤』については、その題材や扱いについての特異性から、当時の作家や批評家の注目する所となり、他の作品とは異る多大、多種類の批評、評価を受けることになった。それ故、当時の人々がどのように読んだかを明らかにすることに務めると同時に、後の版における改訂も少なくないことから、その改訂の跡をも明確にするため、後の主要な版との異同をも詳細に注記し、補注をも設けて万全を期した。底本以外の本文を使用した場合はその都度断った。

『不惜身命』についても、語句の注釈のほか、歴史小説であるため、史実に基づく個所が甚だ多いので、それらの基づいた史実や史料などを徹底的に調査して、その典拠を明らかにした。その結果、副産物として、史実に基づかない、有三の創作したフィクションの部分も多分に存在することを把握できたのは、思いがけぬ収穫であった。このことによって、この作品が単なる石谷十蔵の伝記たるに堕するものではなく、史実とフィクションとの融合した雄勁な作品であることを証明し得た。と同時に、この作品が、有三の他の作品におけるよりも数等改訂の甚だしいものであることを感じ取ることができたので、その後の諸版と比較して、巨細に亘ってその改訂の跡を詳細に報告することのできたことを喜ぶものである。また、表現や漢字表記の変更など、文章の平明な記述を志していることも明らかに読み取られ、それらの変更についても緻密に調査した結果を示し得たと自負する。

従って、もしこの書をお読みになって、『瘤』や『不惜身命』について、多少なりとも関心を持たれた方がおありとすれば、ぜひ『日本近代文学大系』中の「山本有三集」の『瘤』と『不惜身命』を御参照頂けますなら、幸甚に存じます。

この書の原稿を浅井　清氏の許に持参した折、氏は一覧下さり、これで結構ですと、そのまま書店にお渡し下さって、印刷に付されたものである。従って浅井氏との共著の形になっているが、調査は以上の如く筆者自身の独断で単独で行ったものであるからして、もし幾分なりと誤りがあるとすれば、それはすべて筆者の責に帰すべきものであり、氏に累の及ぶべきものでないことを明記して、ここにその責任の所在を明らかにする。

なお、この書は昭和四八年八月二〇日に刊行されたものであり、筆者の四五歳の誕生日の一一日前である。原稿はその四カ月程前に完成したのであるが、その前六カ月程は、所々方々を駆けずり廻って資料を収集したり、一作品の全刊本における改訂や異同の跡を精密に追う等の根を詰めた作業を行って、やっと完成したものである。その原稿の完成後、他の仕事に取りかかるべく机に向ったが、何か頭がぼんやりして仕事が手につかない。資料を読もうとしても頭に入らない。今までに経験したことのない状態であった。筆者はおかしいと思って病院を訪れた。医師の診断は血圧の上昇とのことであった。それ以前、筆者は昭和四二年四月から四七年三月末までの満五年間、学生主事（大学における学生部長）の職を兼ねていた。学生運動の萌芽期から終息期までである。その方の労力も並大抵のものではなかった。その双方が重ったためにそのような結果になったものと考えられる。その後、筆者は血圧の薬を飲み続けることになり、後年他の余病も併発することになるが、少しも苦にしない。

それは当時これだけの仕事をなし遂げ、それに幾ばくかの自信と誇りを持ち得るからである。

最後に、「山本有三集」の注釈や補注作成の際における浅井　清氏の優渥なる御配慮に感謝申し上げ、同時に当時のこの書の担当者であられた川久保十志雄氏に、有三の「著書目録」を併載させて頂く好意に浴したこと厚く御礼申し上げます。更には、本書に収めた論文の発表に際し多大な御高配を賜った、今は亡き恩師元東北大学名誉教授佐藤喜代治先生、並びに他の二論文に発表の場を御提供下さいました、筆者の最後の勤務校高崎商科大学の理事長であられる森本純生先生及び学長淵上勇次郎先生に忝く謹んで御礼申し上げる次第であります。併せて、担当の諸先生方、及び職員の方々に満腔の謝意を表するものであります。また、「紀要」掲載時の印刷担当ダイワプリント様には校正の遅延などで大変御迷惑をおかけ致しましたこと、深くお詫び申し上げます。

本書の刊行をお引き受け頂きました和泉書院社長廣橋研三氏に感謝の誠を表します。

平成二四年五月一九日初校正の日に

平　林　文　雄

（追記）有三や泡鳴その他の本文を引用する場合、原文の旧字体を新字体に変更した。
これは有三の目指した趣旨にも合致する所以と考えたからである。

著者略歴

平林　文雄（ひらばやし　ふみお）

1928年９月１日，長野県東筑摩郡波田村（現松本市波田6744）に出生
東北大学文学部卒業，同大学院修了（国語学専攻）
元：群馬県立女子大学文学部教授
現：高崎商科大学名誉教授
著書：近代文学関係
　近代文学鑑賞講座第18巻中島　敦（昭和34年12月，角川書店）
　日本近代文学大系第41巻山本有三集（昭和48年８月，角川書店）
　現代の文学（４名共編，昭和50年12月，笠間書院）
　近代の文学（４名共編，昭和51年７月，笠間書院）
　戦後の文学（６名共編，昭和52年４月，笠間書院）
　山本有三『兄弟・不惜身命』（昭和54年２月，旺文社文庫）
　比較文学—受容・鑑賞・研究（平成５年12月，和泉書院）
　中島　敦—注釈・鑑賞・研究（平成15年３月，和泉書院）
　　国語学関係
　篁物語総索引（昭和47年３月，白帝社）
　なよ竹物語研究並に総索引（昭和49年３月，白帝社）
　土佐日記本文及索引（昭和50年７月，白帝社）
　篁物語乙本影印翻刻対訳校本索引（昭和53年４月，笠間書院）
　国語学研究論考（昭和60年５月，和泉書院）
　表現と文章—表現研究序説—（平成４年４月，和泉書院）
　　古典文学関係
　成尋阿闍梨母集の基礎的研究（昭和52年２月，笠間書院）
　参天台五臺山記校本並に研究（昭和53年６月，風間書房）
　我身にたどる姫君〔全〕（昭和59年４月，笠間書院）
　小野篁集・篁物語の研究（昭和63年11月，和泉書院）その他22冊
現住所：〒370-0866　群馬県高崎市城山町１-22-１

山本有三研究—中短編小説を中心に—　　**和泉選書173**

2012年８月10日　初版第一刷発行

著　者　平林文雄
発行者　廣橋研三
発行所　和泉書院
〒543-0037　大阪市天王寺区上之宮町7-6
電話06-6771-1467／振替00970-8-15043
印刷・製本 亜細亜印刷　装訂 井上二三夫

ISBN978-4-7576-0626-5　C1395　定価はカバーに表示